马明利◎著

詩中華年

北方文藝出版社
·哈爾滨·

图书在版编目（CIP）数据

诗中华年 / 马明利著. -- 哈尔滨：北方文艺出版社, 2025.2. -- ISBN 978-7-5317-6563-9

Ⅰ.I227

中国国家版本馆 CIP 数据核字第 2025TM8594 号

诗中华年
SHIZHONGHUANIAN

作　　者/马明利　　　　　　**总 策 划**/王思宇
责任编辑/富翔强　　　　　　**产品经理**/聂　晶
封面设计/陈慕颖　　　　　　**版式设计**/康　妞

出版发行/北方文艺出版社　　　　**邮　编**/150008
发行电话/（0451）86825533　　**经　销**/新华书店
地　　址/哈尔滨市南岗区宣庆小区 1 号楼　**网　址**/www.bfwy.com

印　　刷/武汉市卓源印务有限公司　　**开　本**/880×1230　1/32
字　　数/100 千　　　　　　　　　　**印　张**/11.875
版　　次/2025 年 2 月第 1 版　　　　**印　次**/2025 年 2 月第 1 次印刷
书　　号/ISBN 978-7-5317-6563-9　　**定　价**/78.00 元

唐诗宋词优雅传承

　托举中华诗教

　诗词歌赋融入生活

　　情韵诗中华年

序言

　　当书写成为一种内在需求，其所写就超越了世俗的羁绊，是心灵的记录，是神韵的凝结，明丽（笔名）如此，勤力于心灵耕作的诗人也如此。

　　诗词之美，大在作诗之人，好诗可将诗人置之目前，人人感其人格之美，敬之，学之，终成之。仔细品读作者选收于书中的三百一十九首诗词、十五篇散文和九十多幅书画作品，便深深被她的深情、她的天赋、她的人格素养所打动，甚至感动得流泪！她的爱好、兴趣之广，钻研之具，造诣之深，成果之丰令人钦佩。

　　《诗中华年》为大连诗人马明利创作的一部诗、书、画合集，笔精墨妙，书美、画丽、诗宏，堪称诗书画三绝。这些诗词作品都是作者在工作、生活中有感而发，写出了她的人生感悟。诗集中有较多的游记诗词，作者遍游了国内外名山大泽、古迹遗址，抒写了对大好河山的热爱和对千年文明史的感怀。

　　诗词使用平水韵，学风严谨、重传承，从严用韵用律，个别作品因创作需要以古风诗形式体现，其中有些诗句绮丽可观，吟读可品，掩卷可诵。值得一提的是，诗集后部分写了对家人、老师、亲友、同事、同学的亲情、友情、乡情、爱情，写得感情真挚，情节细腻，非常感人。

观其作者书法，以楷书、行书见长，系"二王"一路。她写书法寻求诗境，行笔用墨沉稳循法。结字造型张弛有度，谋篇布局首尾呼应，诚如她在《如梦令·书法》一词中写的"落笔传神诗境，泼墨行云乘兴。展纸挥毫间，姿态横生辉映。虚静，虚静，但见砚书真性。"她用真性情写字，用书法展示心路，实有如《书谱》所云"纤纤乎似初月之出天涯，落落乎犹众星之列河汉，同自然之妙，有非力运之能成"。

她的画是文人画。作品不入俗流，不屑于现代一些丢掉笔墨一味制作和一些哗众取宠的俗作行画，而是从传统走过来的，有强烈的宋、元花鸟画和明清山水画气息。取古代精华，注入现代元素，随心所欲，笔精墨妙。她非常注重写意传神，她画的花鸟画，似飘花香，疑闻鸟鸣。她的山水画是"妙手丹青画作真，远山近水去登临。迎入目，尽知闻，苍松碧嶂掩溪深。"（马明利词《渔歌子·画作》）

她的诗和词基本是以写实为主，都是有所见—有所感—有所发，才有所成。一句句都是从心底迸发出来的情感。

作者不是单纯为了诗而写诗。她是"把生活过成诗，用诗来描写生活"，这可以从三个方面来看。

一、写景考景，借景抒怀

她非常热爱生活。利用在外地学习、调研、考察、休假等一切机会遍游名山大川，参观文化古迹。她的游览如学者访问考察式的查资料、寻根由，探究竟，用诗来记录结果，夹叙夹议，吐露真情。

她以景写事，传播正能量：在《八朝古都开封》里写"开封府里听断案，包拯清官世人唤"。古代诗人写秋，大多悲惨凄凉。如"羌管悠悠霜满地，人不寐，将军白发征夫泪"（范仲淹《渔家傲·秋思》）；"万里悲秋常作客，百年多病独登台"（杜甫《登高》）……而明丽（笔名）写秋，却是另一种精神状态："飒爽碧空斜阳里，云英凝露曙星更。""秋入情怀静自来，素笺心语诗香开。池风清墨流年笔，荷月一方锦瑟台。""千流婉转滴檐净，万点玲珑爽入扉。"

借景抒怀："熔金落日，合璧云天。绚烂之极，归于平淡，岁月倾辉映流年。明如是，叹人生哲理，沧海桑田。"写景表露性格："时光风韵里，恬静安然心底。"写枫叶"飘落漫山平野色，画林风树共霜云。尽染景中人。"

二、写人叙事，情景交融

写诗怀念亲人，感情真挚纯正。她怀念已故双亲，在《七律·心之寻》里写"燕归流岁景长在，寻断鹤西空绕林。寄望双亲恩泽重，人间天上可通音？"大连劳动公园小学是她的母校，在阔别大连十七年后，再次回到这里，便想起父亲当年牵手送她上学的情景："藤蔓小桥流水，鼓号队旗学子。铃起课间时，操场跃然喧沸。仍记，仍记，满眼童真稚气。"

三、循声岁月，写诗修己

在这本诗书画集里，写己修身的内容很多。她对自己的约束、修养要求十分严格。一是态度坚定。如在《满江红·沉默》中说："留气度，端德性，仁厚者，常自省。"她在另一首诗中还讲"律已清规，一丝不苟，故去秽累而飘轻，当恪守，坦荡不放纵""省察自律，拒入俗流常觉醒"。二是目标明确。"虚怀若谷纳千川，万物包容至善""珍存拥有，安于当下，认知信念。探索追求，花明柳暗，初心不变"。三是讲求方法。她律己修身不是盲目进行，讲究方法和效率，如诗中所说"修养情怀，三思后、缄言谨静""对是非，坦荡也从容，行为证"。

"日月之行，若出其中；星汉灿烂，若出其里"是自然之道，也是艺术所求，祝马明利艺道宽广，所得常青，人生有诗画，永远是少年！

阎世忠　于抱拙堂
2024年8月22日

阎世忠先生简介

阎世忠，曾任大连诗词学会第一任副会长、辽宁省书法家协会名誉理事、大连市美协粉画学会副会长。现为瓦房店市慈善总会终身名誉会长，中华诗词学会会员、中国楹联学会会员、中国摄影家协会会员，辽宁省美术家协会会员。

阎世忠先生多幅美术作品入选大连市，辽宁省，东北地区，中国美协及中日韩展览，2011年，中国画《共和之光》入选由全国政协办公厅、民革中央、中国文联、中国美协、中央文史馆、中国美术馆联办的"纪念辛亥革命100周年全国中国画作品展"，该作品7月在中国美术馆展出，8月在《美术报》924期上刊登并被大展组委会收藏。同年，作品《天路》《龙的传人》《共和之光》等在"人民网"发表。

中华诗教

叶嘉莹题

叶嘉莹先生简介

叶嘉莹，号迦陵。古典文学研究专家、教育家、诗人，南开大学中华古典文化研究所所长，南开大学讲席教授、博士生导师，设立"驼庵"奖学金。中央文史研究馆资深馆员。加拿大籍中国古典文学专家，加拿大皇家学会院士，曾任台湾大学教授、美国哈佛大学、密歇根大学及哥伦比亚大学客座教授，加拿大不列颠哥伦比亚大学终身教授，并受聘于国内多所大学客座教授及中国社会科学院文学所名誉研究员。

2015年10月17日，"迦陵学舍"正式启用，正式定居南开园。

叶嘉莹先生主要从事古典诗词教学、研究和推广工作，出版有《Studies in Chinese Poetry》《杜甫秋兴八首集说》《王国维及其文学批评》《迦陵论词丛稿》《迦陵论诗丛稿》等著作数十种，曾获得中华诗词终身成就奖，2014中华文化人物，改革开放40周年最具影响力的外国专家，中国政府友谊奖，感动中国2020年度人物，是中国著名的古典文学学者和诗人。她的诗词作品以及对古典文学的研究和传播，对中国传统文化的发展和传承做出了重要贡献。

诗中岁月年

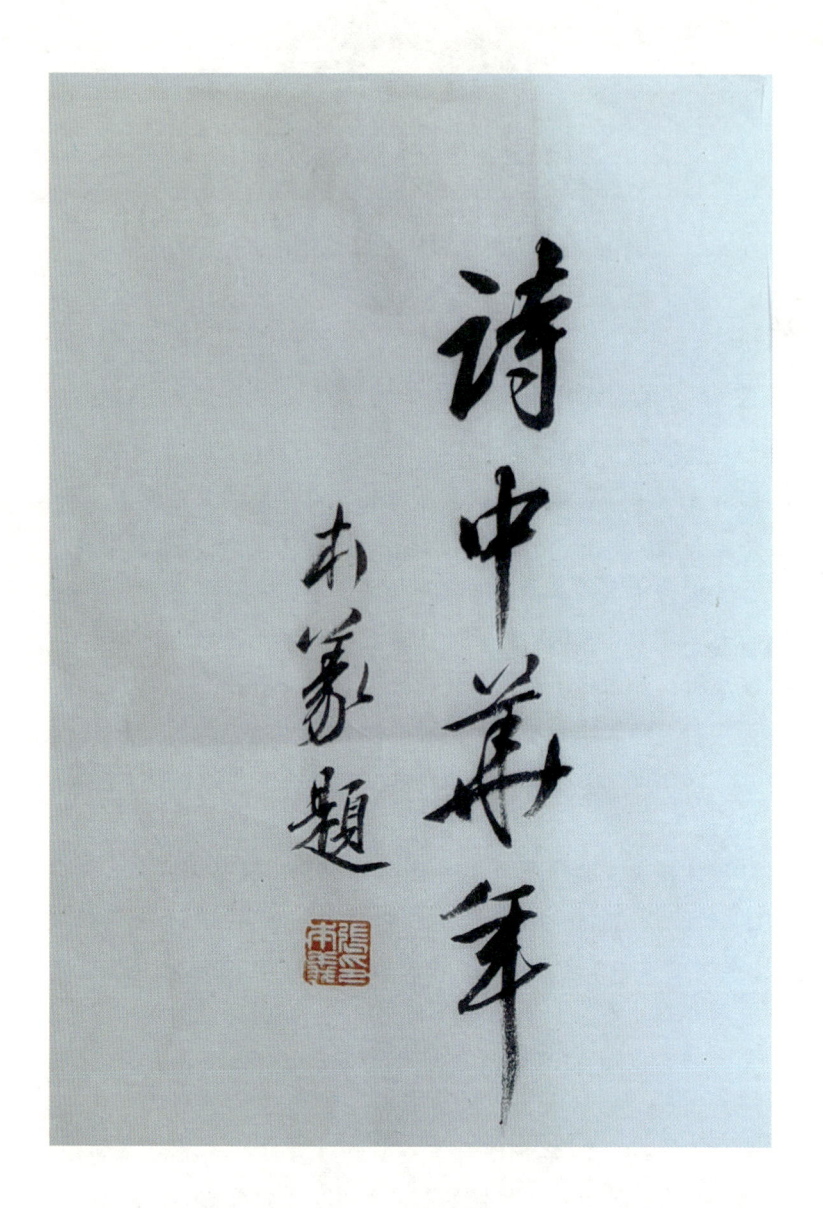

木篆题

张本义先生简介

张本义，字子和，别署松斋、松翁、连海山人。原中国书法家协会第五、第六届理事，学术委员会委员，中华诗词学会理事，政协辽宁省八、九、十届委员，大连市文联副主席，大连市书法家协会主席等。现为中国古籍保护协会顾问，国家古籍保护中心经典传习所导师，中国海外留学人才基金会汉学研究院首席学术顾问，《中国书法》杂志学术委员，辽宁省诗词学会名誉会长，东北财经大学、大连医科大学、大连大学等院校客座教授，辽宁省级非遗——辽南吟咏传承人，大连连海书院山长，大连白云书院山长，大连图书馆终身名誉馆长，国家二级研究员，享受国务院特殊津贴。

因其在文字、训诂、音韵、经学、历史、诗赋、书画、文物、中医、音乐、古建等方面的造诣而受到海内外关注。二〇〇七年，应《光明日报》之约创作《大连赋》，成为大连名片，享誉全国。曾被评为"二〇〇九年中国书坛十大年度人物"。

文思永涌

明利老师雅鉴

甲辰秋月华世戟古题

战古先生简介

战古，字艺公，号伏龙。现任辽宁书画院院长，联合国世界艺术东南亚议员，中华人民共和国文化部美术工作者青联委员会委员，世界华侨华人联合总会艺术委员会副主任，中央美术学院客座教授、清华大学美术学院客座教授、俄罗斯列宾美术学院终身荣誉院长。

精通国画、油画、书法与篆刻。当代实力派书画家，著名美术家、表演艺术家、国家一级美术师、教授。

1993年，应美国总统克林顿邀请到美国大都会修复意大利文艺复兴时期的油画。

1997年作品《福禄寿三星图》于香港回归之日，作为大连市政府的礼品赠予时任香港行政长官董建华。1999年作品《荷花精神》作为大连市政府的唯一贺礼赠送给澳门特别行政区时任长官何厚铧。作品《桃园结义》被新加坡总理收藏。

战古先生被列入《世界美术界名人录》《世界名人录》《二十世纪国际美术精品荟萃》，作品多次被选入国内外重大画展并获大奖，曾蝉联七届世界美术展金奖，在加拿大、德国、美国、英国、法国、新加坡、泰国等国家展销，受到各界人士广泛重视和赞誉。

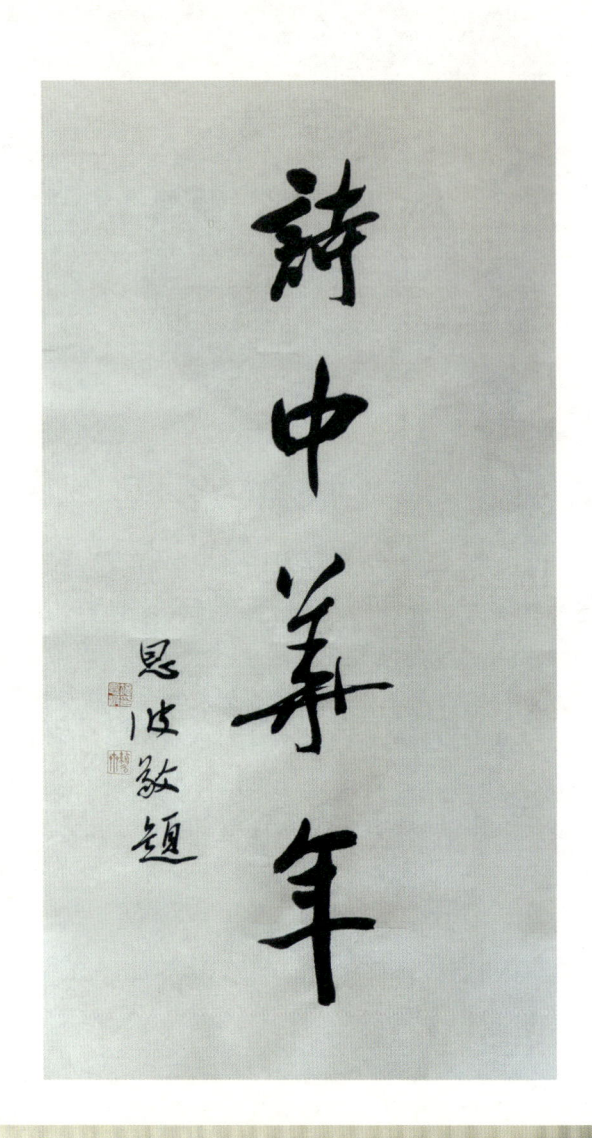

詩中華年

恩波敬題

施恩波先生简介

　　施恩波，中国书法家协会理事、行书委员会委员，中国书法家协会书法培训中心教授工作室导师，中央文史研究馆书画院研究员，中国文字博物馆书法艺术委员会委员，中国铁路书法家协会主席，中国职工书法家协会副主席，辽宁省文联委员，辽宁省书法家协会副主席，中国人民大学继续教育学院特聘教授，辽宁大学书画研究院副院长，辽宁师范大学客座教授，多次担任中国书协展览评委。多次参加全国重大展览，1995年获"全国第六届书法篆刻作品展览"全国奖，"全国第六届中青年书法篆刻家展览"一等奖，文化和旅游部"世界华人书画展"银奖，文化和旅游部中国文化艺术政府最高奖——第八届"群星奖"金奖。

　　作品收入20世纪后期中国美术文献，《中国美术全集·书法卷》《五体书法临摹示范》《经典寻绎·书法篆刻临摹教学》，被中南海、人民大会堂、中国博物馆、中国美术馆、中国文字博物馆、兰亭书法博物馆、乌海中国书法博物馆、李可染艺术馆、林散之艺术馆、亚明艺术馆、辽宁美术馆等单位收藏。

诗中华年

甲辰年暑月 张光恩 题

张克思先生简介

张克思，中国书画院副院长，中国国际书画艺术研究会中艺联合美术院书法研究室主任，大连非遗反写倒书传承基地书法传承人，国源智库发展研究院文化大使，中华慈善总会关爱青少年爱心大使，辽宁省残疾人福利基金会名誉理事长、爱心大使。入选中国文化品牌人物，中国非遗传承年度代表人物。著名书法表演艺术家，社会活动家和慈善家。

张克思以其"神州第一笔"的美誉闻名，他独创了广场书法艺术，对汉字的书写技艺有着超凡的掌控。他的书法技艺出类拔萃，无论是反写、横写、倒写、逆写、背写，还是左手、右手，甚至左右开弓，都游刃有余，将书法与绘画巧妙融合，被誉为"中华一绝"。

他为全国各地捐建张克思爱心图书室800多所、为社会公益慈善事业捐款捐物达1个多亿，几十年来被各大媒体多次报道，荣获世界各个国家和政府机关的证书和奖杯达100多项，被民政部评为"最具爱心捐赠个人"，被联合国授予"最具影响力书画艺术家"。

詩中華年

高師題

高师先生简介

高师，民革四川省中山画院院长，四川省温州商会书画院院长，工商管理博士。中国传媒大学艺术研究院特聘教授，博士生导师。中国人民大学文化产业研究院特聘专家、中国传媒大学阳明学院顾问、中央电视台《艺术传承》栏目客座教授、光中书院特聘教授。壹美空间创始人、高师讲堂创办人、高师映像创始人、高师茶舍创始人。北京壹美四方文化传播有限公司董事长。国家级三项专利发明持有人、国家级非遗传人、国家一级美术师。

目录

1	**第一章** 华夏古都·人文古迹	23	七律·深圳
		24	青玉案·沈阳
2	永遇乐·六朝古都北京	26	七律·连海书院
3	青玉案·古都北京	26	满庭芳·老街
4	青玉案·十三朝古都西安	28	七律·大连东港
6	青玉案·古都南京	28	七绝·大连记忆
7	青玉案·十三朝古都洛阳		
9	青玉案·八朝古都开封	29	**第二章** 名山大川·水韵江南·海滨音诗
10	青玉案·两朝古都杭州		
12	满庭芳·承德避暑山庄	30	念奴娇·黄山
14	七言绝句·故宫	32	水龙吟·九寨沟
14	青玉案·上海	33	永遇乐·九华山
16	满庭芳·天津	34	永遇乐·华山
18	青玉案·武汉	35	永遇乐·泰山
19	青玉案·合肥	36	念奴娇·内蒙古草原
21	都江堰	37	七律·玉龙雪山
22	七言绝句·杜甫草堂	37	七律·丽江
22	七言绝句·广州	38	虞美人·丽江

39	青玉案·桂林	56	七绝·海鸥飞处
40	青玉案·阳朔	56	减字木兰花·读诗步晚
41	青玉案·周庄	56	七绝·北海银滩
42	青玉案·苏州园林	57	七律·油菜花和诗
44	青玉案·西双版纳	57	七绝·春景
45	五绝·姑苏行	57	七绝·湿地风裳
45	七绝·乌镇		
45	七绝·游船	59	**第三章**
46	七绝·无锡		北国放歌,雪域高原
46	七绝·同里古镇	60	七律·大漠胡杨
46	六言诗·江南	60	七律·齐齐哈尔
47	七绝·清晨	62	七律·扎龙丹顶鹤
47	七绝·云水谣	63	青玉案·哈尔滨
47	七言绝句·北戴河	65	永遇乐·吉林
48	永遇乐·鼓浪屿	66	山海关老龙头
50	永遇乐·厦门大学	66	七绝·嘉峪关
51	永遇乐·海南	66	七律·小雪时节
52	永遇乐·青岛	67	七绝·大雪时节
53	七律·星海湾大桥(一)	67	七律·藏情风
54	七律·星海湾大桥(二)	68	七律·鲁朗林海
55	七律·星海广场	68	七律·西藏巴松措
55	七绝·林海路	69	七绝·雅鲁藏布大峡谷
55	七绝·乘游艇有感		

69	七绝·南迦巴瓦峰（一）	80	天仙子·五月情愫
69	七绝·南迦巴瓦峰（二）	80	七绝·明泽湖
70	七绝·西藏波密	82	七律·春色明泽
70	渔歌子·扎西岗村	82	龙王塘樱花
71	菩萨蛮·西藏林芝	83	七绝·莓园有约
71	减字木兰花·西藏古乡湖	83	七绝·樱花雨
72	忆江南·西藏拉萨	83	七绝·双节巧遇
72	七绝·纳帕海	84	七绝·起舞桃花开
74	七绝·探秘高原	84	七绝·春山花容
		84	七绝·惜春和诗
75	**第四章**	85	七绝·立春大吉
	轻烟飞雨入画来，	85	六言绝句·植物园之春
	聊赠春柔山水间	85	七绝·茶园
76	七律·春雪	86	七绝·天鹅
76	七律·踏春	86	七绝·春山瞰海
77	减字木兰花		
77	一剪梅	87	**第五章**
77	七绝·春柔		**你把美丽带给人间**
78	七绝·春染画意	88	念奴娇·赏荷
78	七绝·海天	88	七绝·题荷花
78	七绝·茶	89	天香·牡丹
79	春风袅娜·五月之恋	90	七绝·兰花

03

90	七绝·咏兰	101	**第六章**
90	七绝·牡丹园		对景君须记，清秋静美时
91	牡丹花开	102	七律·新秋
91	七绝·牡丹	102	七律·清秋
92	阮郎归·梅花	103	七律·秋境
93	醉花阴·茉莉	103	七律·品秋
93	鹧鸪天·劳动公园荷花池	104	七律·秋色迎宾路
94	七律·咏梅	104	七律·知秋
94	七律·校园蜡梅	105	七律·秋夕荷塘
95	古风·题雪中红梅	106	过秦楼·秋韵
95	七绝·雨后散步	106	七绝·银杏叶黄
96	临江仙·竹	107	采桑子·银杏叶黄时
96	七绝·玫瑰	107	忆江南·秋色
	——题秀楣今日雨园中剪来几枝玫瑰	108	七绝·秋
97	七律·蔷薇	108	七绝·秋水
97	七绝·槐香	108	菩萨蛮·秋思
98	阮郎归·芝樱花海	109	七律·七夕
99	七绝·芝樱花海	109	五绝·秋兴
99	七绝·杏花	109	七绝·秋荷
99	七绝·雨荷	110	五律·重阳
		110	七绝·重阳
		110	七绝·题照
		111	七绝·晚秋

111	七绝·晚晴	122	七绝·初雪
112	七绝·秋湖静晚	123	七绝·远方飘雪
112	渔歌子·明泽秋水	123	七绝·大雪
113	七绝·夕阳	123	七绝·堆雪人
113	七绝·晚霞	124	七绝·题画又见炊烟
114	七绝·夕阳红		
114	七绝·秋情	125	**第八章**
114	七绝·品秋		寸草春晖,真情永恒
115	七绝·秋境诗画	127	七律·心之寻
		127	七律·寄语深情
117	**第七章**	128	七律·清明雨
	冬的问候,听雪飘飞	129	七律·怀念父亲
118	渔歌子·咏雪	131	七绝·
118	一剪梅·雪花		小提琴曲《我亲爱的父亲》
119	菩萨蛮·初雪	132	国香·母亲
119	减字木兰花·听雪	133	苏幕遮·清明
120	七律·雪花	133	七绝·清明
120	七律·雪境	134	七绝·清明雨(一)
121	七绝·飞雪	134	七绝·清明
121	七绝·雾凇	135	七绝·清明雨(二)
122	七律·雪景题照	135	七绝·诉心声
122	七言绝句	135	七绝·大雁

05

136	七绝·春雨	149	七绝·立春大吉
136	七绝·长相忆	149	七绝·中秋节
137	醉花阴·槐花飘香	149	七绝·中秋
138	七绝·小年夜	150	七绝·端午节
138	减字木兰花·元宵	151	卜算子·老大爷
139	鹧鸪天·元宵	152	父亲,我无尽的怀念
139	七绝·上元晓月	162	妈妈的温暖怀抱
140	七言古风·腊八节	169	思念,我亲爱的姥姥
140	七绝·腊八粥	174	思念
141	满庭芳·春节		——亲爱的姥姥
142	七律·新年好	175	亲情
143	七律·春节	178	怀念舅舅
143	沁园春·绅绅五岁	183	劳动公园荷花池
145	七绝·舞蹈《晨光曲》	187	十字绣
145	渔歌子·舞韵晨光	189	金鸡卫士
146	立春		
146	七绝·饺子和诗	205	**第九章**
146	七绝·夕影炊香		诗中华年
147	七绝·新年		
147	七绝·立春	206	减字木兰花·新年音乐会
147	七绝·小年	206	如梦令·劳动公园小学
148	七绝·立春	207	满庭芳·同仁
148	七绝·春好	208	满江红·沉默

208	水龙吟·人生	222	七绝·诗联文社
209	沁园春·慎独慎行	222	七绝·相逢
209	西江月·如水	223	七绝·题诗
210	水调歌头·夏夜	223	减字木兰花·送友人
211	沁园春·夕阳红	224	七绝·欣赏
211	七绝·水墨兰亭	224	七绝·观展
212	七律·笔墨丹青	224	七绝·岁月如歌
212	如梦令·书法	225	七绝·初冬银杏叶
213	渔歌子·画作	226	七律·滨海路晚步
213	采桑子·旗袍	227	七律·七秩寿诞
214	减字木兰花·旗袍女子	227	七绝·寂静时光
214	七律·旗袍女子	228	七律·生日祝福
215	五律·小暑		——张博士生日贺词
215	赞美	228	七绝·春华秋实
216	五绝·答诗友	228	渔歌子·摄影师
217	七绝·和章会友	229	鹊桥仙·新婚之喜（一）
218	七绝·遣怀	230	鹊桥仙·新婚之喜（二）
219	古风·和心淡如水	231	恭贺婚礼（一）
220	七绝·答心淡如水	231	恭贺婚礼（二）
220	五绝·和莉琴	232	七绝·烟花爆竹节
221	七绝·和莉琴	232	满庭芳·隔空朋友
221	鹧鸪天·诗中情怀	233	浣溪沙·雾霾
222	七绝·赞诗友		

241	**第十章**	254	踏莎行·莫斯科谢尔盖耶夫镇
	异国风情	254	菩萨蛮·莫斯科地铁
242	南歌子·巴黎		
242	阮郎归·莫奈花园		
243	采桑子·意大利威尼斯	265	**第十一章**
243	醉花阴·佛罗伦萨		青春足印
244	醉花阴·瑞士因特拉肯	266	满庭芳·书香
244	七绝·瑞士卢塞恩	266	满江红·青春万岁
244	七绝·戛纳及影节宫	267	如梦令
245	七绝·法国尼斯艾日小镇	267	七言绝句
245	七律·名古屋	267	念奴娇·当你老去
246	七律·横滨	268	怀旧之旅一·青春足印
247	菩萨蛮·金阁寺公园	287	散步
248	阮郎归·岚山		——写给淑春的信
249	七绝·东京	289	说点往事
249	减字木兰花·大阪城公园		
250	七律·银座夜景	299	**第十二章**
251	七绝·吉隆坡		大学时光
251	七绝·海上别墅	300	七律·祝福母校
252	七律·俄罗斯之旅		——哈尔滨工业大学百年华诞
253	题照	300	长相思·母校
	——俄罗斯旅行团十二对夫妻照		

08

301	七绝·依依往事
302	怀旧之旅二·大学时光
308	再见，青岛

311	**第十三章**
	故乡礼赞
313	怀旧之旅三·
	故乡礼赞，齐齐哈尔

325	**第十四章**
	发小星空
326	沁园春·发小星空
327	同学聚会
328	永遇乐·同学聚会
328	七绝·星空同学
329	七绝·江边拍照
329	七绝·巴西木花开
329	长相思·巴西木花落
330	发小土豆田
330	七绝·赛诗会
331	恭贺婚礼
331	读同学回忆录有感

333	**第十五章**
	中华儿女
334	七律·神圣中国
334	七律·中华腾飞
335	七律·祖国颂歌
335	七律·风华浸远
336	满江红·叱咤风云
	——9.3大阅兵有感
337	破阵子·民族复兴
	——建军九十周年阅兵
338	七律·中华崛起
	——中国人民海军七十华诞
339	减字木兰花·良医大德
340	七律·舍我其谁
340	七律·中医品德
341	七绝·乔羽离世
342	金庸离世
343	减字木兰花·奥运滑雪冠军
343	七绝·嫦娥五号返回

344	后记

第一章
华夏古都·人文古迹

永遇乐·
六朝古都北京

华夏皇都，文明见证，京史悠远。古韵幽幽，雍容厚重，赫赫龙威眱。长城峻岭，威严震撼，关隘瞰临登览。紫禁城，恢宏富丽，奇珍引曜群殿。

颐和丽景，清漪飘翠，秀映锦林宫苑。古老街区，四合宅院，胡同深巷转。御园北海，山巅白塔，松柳绿湖青岸。天安门、庄严宏伟，圣尊国典。

1978年元月第一次到北京

格律说明：

《永遇乐》词牌名，仄韵体，双调，一百零四字，上下片各四仄韵。
《词韵》第七部，仄声：上声十三阮（半）十四旱十五潸十六铣二十七感二十八俭……去声十四愿（半）十五翰十六谏十七霰二十八勘二十九艳三十陷通用。

注：

北京古称燕京、幽州、蓟城等，为六朝帝都（燕、辽、金、元、明、清）。

青玉案·

古都北京

六朝皇史京华地，逛胡同、寻都纪，紫禁城辉煌壮丽。景山御苑，环湖北海，白塔霞光蔚。

香山红叶飘丹至，威武长城著称世。园色清漪卉云绮。天坛祈祭，大栅栏店，王府金街市。

1979年6月至9月于北京学习作

注释：

清漪：清漪园，颐和园的别称。

补充注释：

北京是首批国家历史文化名城，是世界上拥有世界文化遗产数量最多的古都之一，几千年的历史孕育了众多名胜古迹和无数人文景观。

词中引用了老北京胡同，故宫博物院（世界文化遗产），景山公园（明、清两代的御苑），北海公园（原是辽、金、元建离宫，明、清辟为帝王御苑，北海白塔），香山公园（具有山林特色的皇家园林），长城（世界文化遗产），颐和园（世界文化遗产）（被誉为"皇家园林博物馆"），天坛（世界文化遗产），大栅栏（拥有500多年历史的商业街），王府井等北京名胜古迹、人文景观。

青玉案·
十三朝古都西安

兴衰荣辱王都故，始周秦、汉唐踞。古城墙边追远溯。
中华遗宝，馆藏文物，千古浮穷目。

碑林翰迹篇牍巨，大雁塔前仰佛著。姐妹楼晨钟暮鼓。
骊山夕照，秦陵奇俑，西岳一条路。

2009年12月

格律说明：

《青玉案》（词牌名）双调，六十七字，上下片各五仄韵。第五句也可不用韵，第四、第五句宜用对仗。

《词韵》第四部仄声：上声六语七麌，去声六御七遇通用。上片末句"千古浮穷目"，"目"出韵，不改。

注：

西安，古称长安、镐京、大兴、西京等，先后有西周、秦、西汉、新莽、东汉、西晋、前赵、前秦、后秦、西魏、北周、隋、唐十三个王朝在此建都。

需要说明的是，西安到底有多少个王朝在此建都，其说不一，有"十朝说"、"十一朝说"〔6版《辞海》（缩印本）第2024页的"西安"条目——十一朝〕、"十二朝说"、"十三朝说"、"二十一朝说"，这里采用"十三朝古都西安"说法。

西安古称也存在争议，这里采用古称长安、镐京、大兴、西京说法。

词中引用了古城墙（西安城墙）、陕西历史博物馆、碑林、大雁塔、钟楼、鼓楼、骊山、秦始皇陵、兵马俑、华山（华山古称西岳）等西安名胜古迹。

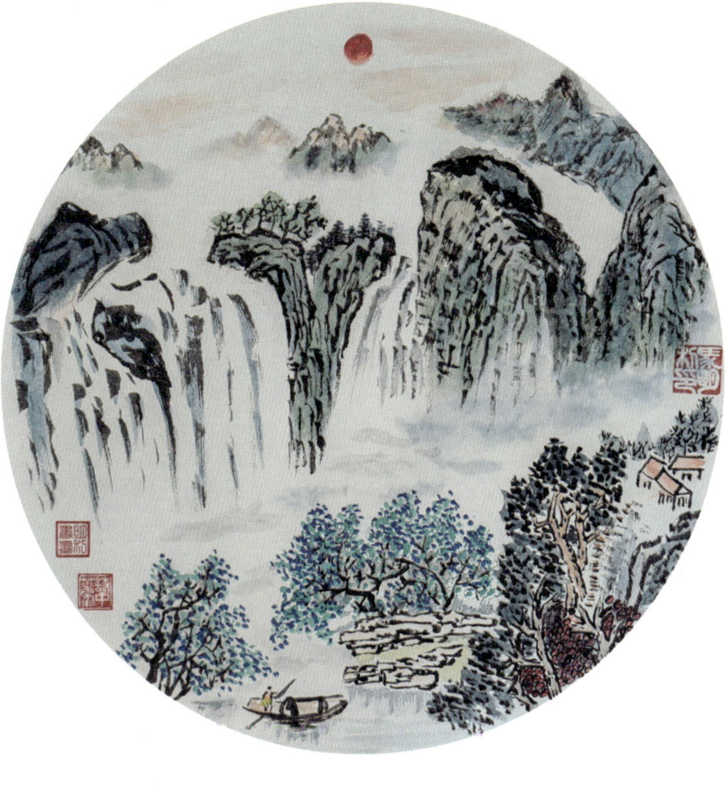

青玉案·
古都南京

东吴始建十朝帝，金粉地、多佳丽。夫子秦淮惊闹市。乌衣巷晚，江洲白鹭，阅江楼先记。

栖霞明秀金陵史，玄武紫金荡云气。中山回望三民义。莫愁凄婉，雨花拾贝，首刹鸡鸣寺。

1987年腊月出差南京所作

注：

　　南京被称十朝都会，分别为东吴，孙权称王定都建业（南京）；东晋，西晋皇族司马睿被拥戴在建康（南京）当皇帝，建立东晋政权；南北朝时期南朝的宋、齐、梁、陈四个朝代均定都建康（南京）；五代南唐（937—975年）李昇在江南称帝，定都江宁（今南京）；1368年明朝开国皇帝朱元璋定都应天府（今南京）；太平天国、中华民国先后定都南京，亦称十朝古都。

　　词中引用了南京名胜古迹秦淮河、夫子庙、乌衣巷、白鹭洲、阅江楼、栖霞山、紫金山、中山陵、莫愁湖、雨花台、鸡鸣寺，其中，栖霞山曾被列为清代金陵四十八景之一，素有一座栖霞山，半部金陵史的美誉。阅江楼与黄鹤楼、岳阳楼、滕王阁合称江南四大名楼，其最大特点是先有记（明太祖朱元璋所作《阅江楼记》）后有楼。鸡鸣寺始建于西晋，为"南朝四百八十寺"首刹。

青玉案·
十三朝古都洛阳

文明华夏发源地，百代帝、千年史。纵览夏商周汉址。牡丹故土，天香国度，享誉名传世。

龙门佛像雕碑记，白马释源第一寺。冢庙关林合三祀。白园居易，诗廊青谷，景物观诗意。

1989年10月出差洛阳所作

注：

  洛阳被公认为十三朝古都：夏、商、西周、东周、东汉、曹魏、西晋、北魏、隋、唐（武周）、后梁、后唐、后晋。龙门石窟：开凿于北魏（公元493年），距今已有1500多年历史。现存窟龛2300多个，雕像10万余尊，碑刻题记30多万字，内容丰富，造型精美，以其佛教文化艺术形式，反映出历史各时期的社会文化风尚。

  白马寺：洛阳白马寺是中国佛教起源于中国的第一座寺庙。东汉时期佛教传入我国后修建，距今已有1900多年的历史，被尊誉为中国佛教"祖庭"和"释源"，亦称为"中国第一古刹"。

  关林：为我国唯一的"冢、庙、林"三祀合一的古代经典建筑群，更因葬有关公的首级而得名。

  白园：唐代著名诗人白居易之墓，分为青谷、墓体、诗廊三区。园林依照诗人性格、唐代风情和自然景观相结合而设计建造。

雲藏山色
路入松聲咖啡

青玉案·

八朝古都开封

古都悠久深积淀,厚重史、七朝卷。逐鹿中原定鼎叹。
大宋文化,贤学盛世,硕果丰饶献。

开封府里听断案,包拯清官世人唤。岳将朱仙名镇战。
龙亭湖绕,杨家清澈,忠烈千年赞。

1989年10月

注:

　　开封又称汴,古称汴梁、汴京、东京。开封为八朝古都(夏朝、战国魏、后梁、后晋、后汉、后周、北宋、金),有着四千多年的悠久历史及深厚文化积淀,是北宋时期当时世界第一大城市,北宋的开封孕育了上承汉唐,下启明清的大宋文化,记述着享誉千古,硕果累累的宋朝文化对人类做出的杰出贡献。

　　朱仙镇,岳飞当年率兵在此地大战并击败金兀术。镇西北建有岳飞庙。朱仙镇曾是明清时期中国四大名镇之一。

　　龙亭公园,园内环绕龙亭的湖水分为东西潘、杨二湖,西边的杨湖清澈见底,东边的潘湖浑浊不清,翻阅历史典故可知,杨湖是忠烈杨继业等杨家将的代名词,而潘湖则是奸臣潘仁美的代名词。

青玉案·

两朝古都杭州

钟灵毓秀杭州美,望三岛、一山翠。潋滟西湖二堤媚。苏堤春晓,风荷曲苑,秋月平湖水。

鹤亭梅坞寻名士,灵隐三生石缘起。古木富春读画意。钱潮拍岸,六和塔镇,虎跑泉茶艺。

1986年10月

注:

  杭州是五代十国吴越和南宋王朝建都地,浓厚的人文积淀,众多的名胜古迹见证了杭州古都2000多年的历史。

  词中引用了杭州西湖以及以西湖为中心最著名的一山(孤山)、二堤(白堤、苏堤)、三岛(三潭印月、湖心亭、阮公墩)。引用了苏堤春晓、曲苑风荷、平湖秋月、孤山放鹤亭、灵隐寺三生石、富春江、钱塘江、六和塔,被称为"西湖双绝"的虎跑泉、龙井茶。

  其中,孤山放鹤亭是为纪念宋代诗人林逋而建,诗人隐居孤山躬耕农桑广植梅花,有"梅妻鹤子"传说,以杰出的咏梅诗句闻名于世,写出了"疏影横斜水清浅,暗香浮动月黄昏"的千古佳句。

霜落荆門江樹空布帆無恙挂秋風此行石出鱸魚肥自愛名山入剡中

李白秋下荆門

癸卯秋胡繁

漁舟唱晚

满庭芳·
承德避暑山庄

　　两个多月的学习结束了。随着秋的到来，夏依依不舍地渐行渐远。终于到了同学们分手送别的这一天，大家互致珍重，深情道别。

　　"全国计算机自动控制学习班"的八十多名同学，来自国内各个省、自治区、直辖市，承德的学习生活中，我们朝夕相处，结下友谊。一幅幅美好的画面跳跃在避暑山庄多姿的山水间，同学们再见，朋友们再见，避暑山庄，再见。承德，再见！

　　清雅风光，自然山水，妙绝古朴瑰琦。阁斋楼舫，芝径漫云堤。政殿松风万壑，丹画栱、绣桷云楣。叠芳墅，雕楹玉础，琼壁互交辉。

　　观锤峰照落，晨霞西岭，沓嶂崟崎。遍青枫绿屿，芳渚禽啼。春拂梨花伴月，碧浔暮、翠绕香迷。文津阁，四书典籍，万卷集珍稀。

1985年10月

格律说明：

　　满庭芳是一个词牌名，双调，九十五字，上下片各四平韵。上片首两句对仗。下片第三、四句多用对仗。此词下片开首两字不用韵，连成五字句。上下片第八句（"叠芳墅""碧浔暮"）的第一字只限用入声韵。《词韵》第三部，平声：四支五微八齐十灰（半）通用。

注：

　　承德避暑山庄（世界文化遗产）又称承德离宫，热河行宫，始建于 1703 年，历经清康熙、雍正、乾隆三朝，历时 89 年建成。避暑山庄不同于其他的皇家园林，而是按照地形地貌特征进行总体设计并借助于自然地势，因山就水，顺其自然，融南北造园艺术的精华于一身，以朴素淡雅的山村野趣为基调，取自然山水之本色，吸收江南塞北之风光，成为中国现存占地面积最大的古代帝王宫苑。

　　避暑山庄分宫殿区、湖泊区、平原区、山峦区四大部分，整个山庄东南多水，西北多山，具有中国自然地理形貌之缩影，是中国园林史上的一个辉煌里程碑，更是中国古典园林艺术的杰作，尊享中国古典园林之最高范例的盛誉。

　　词中引用了宫殿区、苑景区的众多名胜古迹，引用了山庄著名 72 景中万壑松风、芝径云堤、锤峰照落、西岭晨霞、青枫绿屿、芳渚临流、梨花伴月，其中梨花伴月，西岭晨霞现仅存遗迹。

七言绝句·

故宫

朱墙黄瓦帝皇家，夺目紫微满瑞霞。
画栋雕梁深宇邃，巍峨有致殿生花。

1998年7月

注：

故宫：北京故宫博物院。

青玉案·

上海

名城倾世老上海，引时尚、超现代。购物天堂人尽爱。美食荟萃，小吃精致，传统本帮菜。

外滩夜色争姿彩，黄浦江滔雄浑载。西岸精华风景带。万国博览，壮观夺目，历历留风采。

1987年腊月首次到上海所作

格律说明：

《词韵》第五部仄声：上声九蟹十贿（半）去声九泰（半）十卦（半）十一队（半）通用。

注：

冬日岁尾，我同大连海事大学几位教授、讲师一起到上海、南京、天津、北京等地，我们一行六人首站是上海。登上大连至上海的轮船，庆幸着能够航行在海里看日出的震撼和难得，这是第一次坐轮船到上海，也是我第一次来上海。

两天一夜的轮船航程让我们兴奋，站立甲板上不肯离开，看那渐行渐远，最终消失在海面上的大连港码头，看无边无际、海天相连茫茫一片。

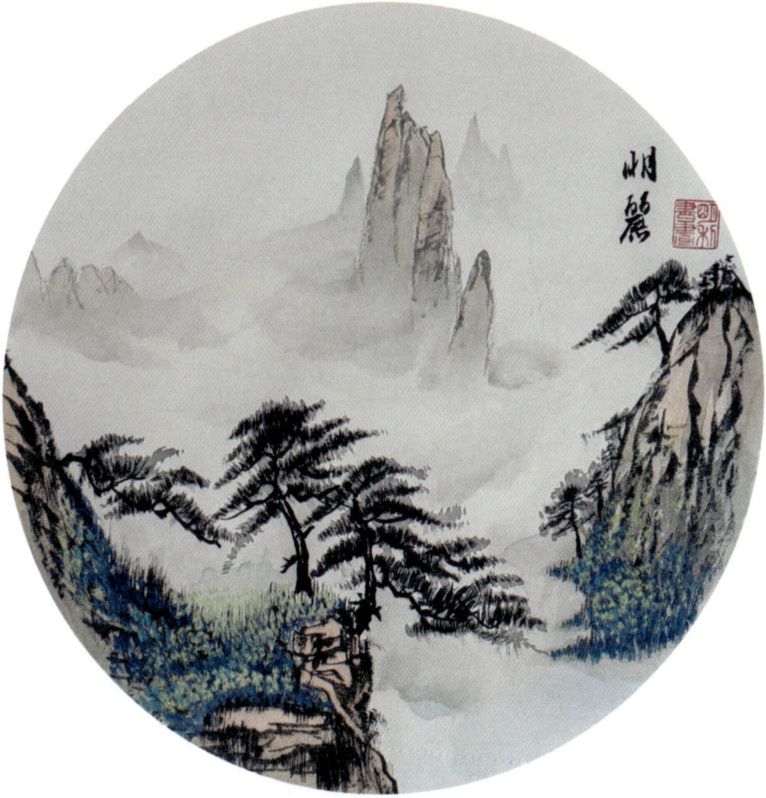

满庭芳·

天津

北枕燕山，京师门户，璀璨渤海明珠。中西合璧，兼古蓄今都。海河蜿蜒街市，津门景貌遍通衢。史悠久，寻踪故里，穿越古今隅。

京东奇景处，三盘暮雨，名胜峰途。晚照黄崖壁，蓟北关枢。意式欧洲小镇，百年历史汇居。传承久，中华劝业，气场冠从初。

2005年正月

注：

　　我在天津出生。天津有一种柔情，柔情里深藏着我最亲爱的姥姥，慈祥的、善良的、操劳忙碌的姥姥温润在我心中。天津是一种期盼，那是不在姥姥身边的日日夜夜里，盼望着早日跋山涉水回到姥姥身边的热切。天津是一种曾经的美好，因为天津是姥姥家，姥姥家就是美好的源泉。

　　故里寻踪，天津古文化街，为津门十景之一。

　　盘山风景名胜区：位于京东、津北的盘山自古就有"京东第一山"美誉。民国时期被列为中华十五大名胜之一。由于山奇景佳，吸引了历代帝王前往游览，魏武帝曹操，唐太宗，辽太宗，金世宗，清康熙、乾隆、道光等皇帝都曾巡游盘山并留下许多名言绝句。其中乾隆皇帝对盘山可谓情有独钟，一生共登临盘山 32 次，留下"早知有盘山，何必下江南"的感叹。"津门十景"之一的"三盘暮雨"即指盘山。

蓟北雄关：为"津门十景"之首，亦为万里长城的重要组成部分"黄崖关长城"之所在。关城东侧山崖的岩石多为黄褐色，每当夕阳映照，金碧辉煌，素有"晚照黄崖"之称，黄崖关也因此而得名。这段古长城建在海拔 736 米的山脊之上，两侧崖壁如削，山势陡峭雄伟，有"一夫当关，万夫莫开"之势。

劝业：劝业场。

青玉案·

武汉

两江三镇连都市，水丰沛、桥城美。九省通衢商贾汇。东湖浩渺，磨山文化，源远楚风萃。

琴台千古存知己。北岸晴川阁遥视。黄鹤名楼绝景地。珞珈樱锦，龟蛇巍峙，花木兰山翠。

1994年6月

注：

　　武汉简称"汉"，别称"江城"，湖北省会，有"九省通衢"之称。国家历史文化名城，楚文化的重要发祥地。

　　词中引用了横贯武汉市境的两江（长江、汉江），隔江鼎立的武汉三镇（武昌、汉口、汉阳）。引用了这座历史文化名城的黄鹤楼、东湖、磨山、古琴台、晴川阁、武汉大学樱花园、龟山、蛇山，因木兰将军而得名的荆楚名岳木兰山及其独特景观"木兰耸翠"等著名人文景观，名胜古迹。

　　珞珈：武汉大学别称。

青玉案·
合肥

庐州淝水穿城渡，荟灵秀、名人誉。威震逍遥张辽墓。包公园里，碧波倾注，古井廉泉滤。

三河古镇游门铺，漫步清幽板石路。点将曹操巡教弩。中堂宅府，晚清文物，墨宝珍联著。

2014年5月

注：

  合肥古称庐州，历史悠久，名人辈出，闻名于世的古迹景观遍布城乡。自古以来就是皖中古城，自秦代置县，距今已有2200很多年的历史。公元589年隋朝统一全国历经唐、五代、宋、元、明、清各个朝代，是古时候的地域政治中心。

  词中引用了包公园、逍遥津公园、教弩台、李鸿章故居、三河古镇等名胜古迹。

  李鸿章故居：是晚清军政大臣李鸿章的家宅，占地2500平方米，为典型的清朝江南民居建筑。极具文化气息的李鸿章故居展出了李鸿章留下大量匾额、对联以及信札等珍贵墨迹。以实物史料、图片方式介绍清末重臣李鸿章的生平，全面客观揭示他风云变幻的一生，以及对近代军事、经济、文化，以及国防方面所做出的突出贡献。

  包公园：即包河公园，为纪念北宋清官包拯而建。碧波荡漾的包河盛开的朵朵莲花，象征着包公的清正廉明。园中的廉泉古井，据说是可以检验官员贪腐的泉水，贪官喝下后就会头痛，而清官喝此水却安然无恙。

逍遥津公园、张辽墓：公园大门是一座近10米高的牌楼式仿古大门，上面悬挂的牌匾是由溥仪老师陆润庠手书的"古逍遥津"四个镏金大字。

陆润庠：同治十三年（1874）甲戌科状元，历任国子监祭酒、山东学政。以母疾归苏州，总办苏州商务。辛亥革命后，留清宫，任溥仪老师。

这里是三国时期的古战场，即张辽威震逍遥津所指的战场就在此地，他所指挥的逍遥津之战，是古代著名的以少胜多的战例之一。为纪念汉末三国时的名将张辽而建张辽墓。

教弩台、教弩松荫：教弩台是东汉末年时期曹操的点将台，曹操当年曾四次在这里指挥作战，狙击东吴水师。现在这里为明教寺。明教寺与包公园，逍遥津公园并称为合肥三大名胜古迹。

教弩松荫为古庐州八景之一，传说曹操曾在这里听松阁观察敌情。

三河古镇：三河古镇春秋时期就已建立，既是商贸、交通、文化中心，又是著名的古战场，有众多人文景观，是典型的水乡古镇。给人以清幽宁静的感觉。

都江堰

中华杰作都江堰，天府川泽赛江南。
无坝引水排洪涝，镇川之宝蓄内涵。
世界水利称鼻祖，功德无量载西瞻。
尊重自然建伟业，千古奇观世代传。

2006年4月

注：

　　都江堰由战国时期秦国蜀郡郡守李冰和他儿子率众创建。【郡守李冰见6版《辞海》（缩印本）第1107页的"李冰"条目：战国时水利家。于秦昭王五十一年（公元前256年）至五十六年任蜀郡守。】

　　都江堰的创建，以不破坏自然资源、尊重自然资源、充分利用自然资源为前提，变害为宝，使人、地、水三者高度和谐统一。都江堰的伟大之处是它创建2250多年来经久不衰，并且持续发挥着越来越巨大的水利效用，在世界水利史上写下了光辉的篇章。

　　都江堰水利工程奥妙之处在于防洪、灌溉、航运的综合利用，对古代成都平原曾经水旱灾害十分严重的恶劣环境进行根治，利用水利传奇使成都平原成为水旱无虞、沃野千里的天府之国，故称"镇川之宝"。

　　西瞻亭、西瞻堂为纪念李冰创建都江堰而建。

七言绝句·
杜甫草堂

草堂诗圣少陵亭，花径驻足影壁凝。
月洞梅园绝妙处，千秋留著史堂铭。

2006年4月

注：

　　诗中引用了"少陵碑亭""花径""草堂影壁""梅园""月洞门""诗史堂""诗圣著千秋陈列"等杜甫草堂标志性建筑、著名景点。

七言绝句·
广州

花城香穗五仙羊，生猛珍鲜美味乡。
异木奇葩江岭秀，得天独厚汇荣昌。

1991年5月于广州

七律·

深圳

神州大地创新城，口岸特区举世惊。
南海之滨腾紫气，珠江东浦聚群英。
沙头角见人攒动，中英街闻鼎沸声。
开拓前行争速度，精诚奉献筑标程。

1991年5月

注：

　　1991年5月，我和单位同事有机会来到深圳，带着探究和好奇的目光踏上了这片沸腾的热土。第一次来到深圳沙头角中英街，被告知街对面便是香港店铺。

青玉案·

沈阳

大清王国发祥地，两代帝，留都市。新乐皇姑藏遗址。故宫文物，殿群雄峙，览古寻青史。

清初四塔喇嘛寺，盛京三陵寝先世。张氏原宅陈府邸。荷塘仙子，棋盘情致，坡怪难思议。

2004年10月

注：

  沈阳，我一岁至四岁时生活过的地方。一岁半（十八个月）至四岁期间，周一至周六我在原沈阳军区幼儿园住长托班，周日父母把我接回到原沈阳军区大院内的家中。也许是从小就开始了集体生活的原因，我记事很早，那个时候在幼儿园期间的情形和细节，现在仍然记得。四岁之后，我家离开了沈阳来到大连。
  后来的岁月中，因出差、学习等机会又去过很多次沈阳。

  沈阳有着悠久的古代文明史，是国家历史文化名城，2300多年的建城史，素有"一朝发祥地，两代帝王都"之称。
  沈阳故宫，又称盛京皇宫，始建于清太祖天命十年（1625年），建成于清崇德元年（1636年）。总占地面积63272平方米，建筑面积18968平方米。是清王朝入关前清太祖努尔哈赤、清太宗皇太极建造的皇宫，清世祖福临在此即位称帝。它不仅是中国仅存的两大皇家宫殿建筑群之一，也是中国关外唯一的一座皇家建筑群。

沈阳故宫是国家重点文物保护单位，现已辟为沈阳故宫博物院。2004年7月第二十八届世界遗产委员会会议批准中国沈阳故宫作为明清皇宫文化遗产扩展项目列入《世界遗产名录》。

词中引用了新乐遗址、沈阳故宫、清初四塔、盛京三陵、仙子湖（沈阳西湖）、棋盘山、怪坡等沈阳名胜古迹、著名景观。

七律·

连海书院

洙泗学堂探溯源，秉承国脉仰师宣。
松涛翠野山园静，书海文斋翰墨轩。
诵美儒德宏远智，传习经典正知言。
千年古建集贤业，仁礼修身义奉元。

注释：

义：善；美。
奉元：谓遵奉天道。

2019年4月25日

满庭芳·

老街

风暖和熙，探寻真谛，市井深处楼亭。避开喧闹，寻径入幽泠。三五同仁好友，追随惬意伴春行。步音景，回闻历史，见特色风情。

廊樱，花影动，池台别院，日式园庭。绿瓦红尖顶，哥特檐甍。达而尼市政地，长官邸、异域穿行。老街巷，超然大隐，清静守安宁。

2010年5月

注：

　　日式园庭：南山风情街，包括七七街、济南街、望海街及山林街周边。

　　胜利桥北、团结街、胜利街、烟台街之间的街区曾是大连的城市中心。达尔尼市政厅、市长官邸、东清轮船公司等，这些十八九世纪俄罗斯、欧式风格的老建筑历经沧桑风雨，默默讲述老大连的故事。现在这里已成为俄罗斯风情街。

　　在黑石礁景区附近的西村街一带，有着与周边浓厚商业氛围截然相反的僻静之地。这里的建筑有俄罗斯风格，日本和式风格，及 20 世纪六七十年代的老宅。安静的院落，略显陈旧的小楼，透着大隐隐于市的出世超然，保留着一份清静和安逸。

七律·
大连东港

流光溢彩东港夜，浪漫温馨创意园。
妙趣横生依水畔，悠闲凭眺海云天。
咖啡茶点佳肴馔，中外珍馐饕餮筵。
霓影迷离歌曼舞，斑斓艺苑和鸣弦。

格律说明：

下平声【一先】
园：用临韵上平声【十三元】。

2014年6月

七绝·
大连记忆

街景老楼今再现，尘封记忆入心来。
万千感慨应犹在，多少春秋荡满怀。

注：

摄影作品"大连记忆"。

2018年4月6日

第二章

名山大川·水韵江南·海滨音诗

念奴娇·
黄山

千峰劲秀,峭崖穹万壑,巍峨雄峻。瑰丽壮观云似海,舒展浪波忽瞬。漫野奇松,凌空傲立,绝壁生岩仞。怪石百态,嶙峋窥险惊震。

迎客展臂千年,挺拔苍宇,致意宾朋问。峡谷隐仙如魔幻,西海邃幽深蕴。梦笔生花,犀牛望月,百步云梯引。莲花峰顶,置身霄汉然顿。

2014年5月于合肥

格律说明:

《念奴娇》(词牌名)仄韵格,正体。双调一百字,上下片各四仄韵。(此词非苏轼《念奴娇》"大江东去"体)《词韵》第七部,仄声:上声十三阮(半)十四旱十五潸十六铣二十七感二十八俭……去声十四愿(半)十五翰十六谏十七霰二十八勘二十九艳三十陷通用。

注:

黄山五绝:奇松、怪石、云海、温泉、冬雪。词中引用了奇松、怪石、云海。词中引用了黄山著名景观"迎客松""西海大峡谷""梦笔生花""犀牛望月""百步云梯""莲花峰"。其中莲花峰是黄山的最高峰,海拔1864米,也是华东地区最高的山峰,峻峭高耸,宛如初绽的莲花,因而被称为莲花峰。登上峰顶,可以东望天目山,西望庐山,北望九华山和长江,像是置身在云霄之中。

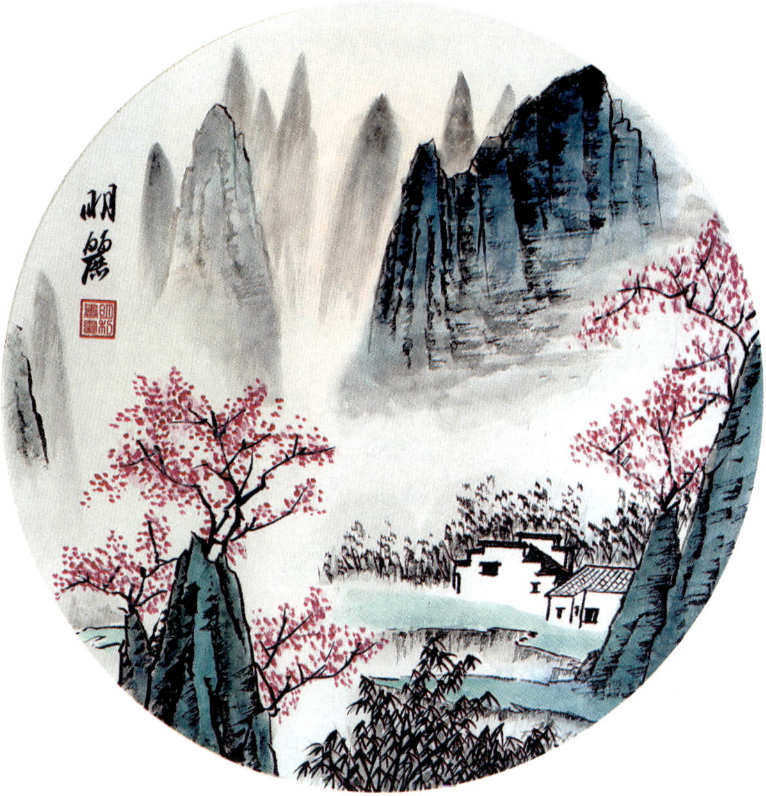

水龙吟·
九寨沟

翠空梦幻长川,雪峰圣洁云霄峙。海子澄澈,晶莹纯净,斑斓绚美。浪漫初春,激情夏日,秋之迷媚。冬意深深处,冰峦剔透,撩心魄,银雕里。

树在水中眷倚,漾淙淙、林泉旖旎。犀牛海阔,湖光缥缈,碧蓝明丽。波彩粼粼,五花泊畔,缤纷无比。更飞飏群瀑,跌腾吼啸,震激天地。

2013年10月于九寨沟

注:

  九寨沟的魅力,让每一个有幸目睹的人为之倾倒,翠海、叠瀑、彩林、雪峰、藏情、蓝冰完美地融为一体。海子碧蓝澄澈,千姿百态;灵动飞扬的群瀑或水雾四散、神采飘逸,或气势磅礴、声震山谷,几经跌宕,形成叠瀑。金秋彩林绿树交相映衬,四季雪峰,蓝天变幻无穷。如诗美景是九寨沟的生命与灵魂,任何语言、文字在九寨沟的风光面前都显得如此苍白无力,都无法描述出九寨沟这一幅又一幅童话世界般的美景。

  词中引用了"树在水中生,水在林间流的树正沟风景线""犀牛海""五花海""诺日朗瀑布"等九寨沟著名景观。

永遇乐·
九华山

秀甲江南,莲花佛境,底蕴深厚。涧瀑溪潭,奇观神韵,瀚众峰竞秀。天台晓日,霞飞万道,陶醉冉曦出岫。仰天望、峰峦云海,妙莲展舒亭透。

东岩晏坐,碧桃悬水,九子泉声夕昼。天柱仙踪,摩空圣迹,岭列嵯峨宙。五溪山色,舒潭印月,净朗霁风迎候。龙池瀑,虹光异彩,远瞻历久。

2015年9月1日

注:

　　词中引用了九华山人文典故和九华十景中的"天台晓日""莲峰云海""东岩晏坐""碧桃瀑布""闵园竹海""摩空圣迹""天柱仙踪""舒潭印月""五溪山色""龙池飞瀑""神光异彩"等。

2015年9月1日

永遇乐·

华山

华夏之根，巍峨秀丽，万千姿态。险峻宏拔，奇峰耸立，直刺苍穹外。云生松柏，悬空通径，隔岳朦胧嵩岱。群仙会、神功灵迹，沓合百里烟海。

长空栈道，凌崖惊悚，探胜全真世载。鹞子翻身，玄垂寒索，舍我卓然在。朝阳望迥，翠云落雁，独绝冠通瑰迈。苍龙岭、青柯深涧，邃峡映黛。

2009年12月

永遇乐·

泰山

神圣巍峨，帝王之气，群岳称首。旭日东升，晚霞夕照，云海玉盘走。黄河金带，松涛石坞，胜景自然灵秀。岱宗坊、三门四柱，简洁粗犷门守。

悬崖峭壁，天梯盘嵌，雄伟十八盘陡。万俯级临，九霄仰步，南天门登叩。佛经石峪，摩崖文刻，书者未知可有？玉皇顶、登封盛典，祭天设授。

1981年8月于济南

注：

  词中引用了泰山十大自然奇观、十大自然景观中的"旭日东升""云海玉盘""晚霞夕照""黄河金带""石坞松涛""灵岩胜景"。引用了岱宗坊、十八盘、南天门、经石峪、玉皇顶等著名景点。

  其中十八盘为登泰山盘路上最险要的一段，倾角70至80度，不足一公里距离内高度攀升400米。共1600多级石级，石级两侧是高耸的悬崖峭壁，峭壁上盘路镶嵌其中，犹如天梯一般。

  南天门，十八盘的尽头，也称三天门，天门关，海拔1460米。

  经石峪，山谷溪床之上的缓坡石坪，在面积2046平方米的石面上，自东向西刻有《金刚般若波罗蜜经》，现存经文41行，1069字，字径约50厘米，是中国规模最大的佛经摩崖刻石。刻石无年月及书刻者姓名可考，也有传说为当年唐僧师徒四人西天取经的"曝经石"。

玉皇顶，泰山极顶，也称太平顶，海拔 1532.7 米。山顶主要建筑有玉皇殿、迎旭亭、望河亭及东西禅房。东亭可望"旭日东升"，西亭可观"黄河金带"。极顶石西北有古登封台碑刻，是历代帝王登封泰山时设坛祭天之处。

念奴娇·
内蒙古草原

天骄故土，大元都帝国，无垠风貌。浩荡黄河涛浪涌，湖泊碧波潋滟。林海茫茫，青山雄劲，大漠胡杨傲。格桑烂漫，琴扬悠远长调。

巴彦呼硕晨曦，草原深处，邈远天边眺。绿野蓝天游草海，点缀羊群歌笑。心旷呼伦，神怡贝尔，水美多鱼鸟。星空穹谷，追寻神往苍皎。

2012年8月

注：

呼伦贝尔大草原位于大兴安岭以西，因呼伦湖、贝尔湖而得名，是世界三大草原之一，也是世界上最优质的草原。蒙古族发源地，一代天骄成吉思汗的故乡。

呼伦贝尔草原风光绚丽，总面积约 11.3 万平方公里，500 多个湖泊，3000 多条河流，被誉为世界上最美、最大、污染最少的草原。

七律·玉龙雪山

云涛雾涌起神龙,气势如虹穹峻峰。
耸立方圆八百里,凌空腾跃万千重。
雪岩冰谷银躯舞,绝顶雄风露妆容。
紫气灵光飞幻彩,叠花流翠景山丰。

注释:

景山:大山,高山。

2021年6月

七律·丽江

净透金沙丽水情,人间胜境自天成。
触寻金顶玉龙雪,探赏湖蓝月谷清。
曲巷环溪垂菀柳,廊亭叠院掩瑶城。
炊烟桥外余晖落,石路方街信步行。

格律说明:

下平声【八庚】。

2021年6月

注:

从玉龙雪山到香格里拉,相约丽江。酒店窗外与玉龙雪山咫尺相望,隔窗远眺玉龙雪山,丽江所特有的绝佳风景尽收眼底。这里建筑风格精准还原纳西民居色彩,彰显东方美学元素并兼顾古典韵味,给人以惬意之感。

虞美人·
丽江

天姿百态生千媚，高原姑苏美。小桥流水尽垂杨，信步方街古巷翘檐堂。

玉龙变换群峰舞，壮丽添娇妩。泸沽湖面镜涤瑕，缥缈云舟隐现染曦霞。

2011年11月

格律说明：

《虞美人》（词牌名），双调五十六字，每两句平仄转韵，共四仄韵，四平韵。

注：

丽江古城被人们誉为"高原姑苏"。

青玉案·

桂林

彩廊百里舟中看，水如镜，峰峦现。仙境无暇凝两岸。流光掠影，千回百转，清澈飘奇幻。

画山九马神功撼，黄布滩绝水中变。独秀峰岩佳句赞。伏波胜景，桂山江畔，塔影穿山见。

注：

  词中引用了桂林山水美丽的漓江、九马画山、黄布滩、独秀峰、伏波山、桂山、穿山公园等著名景观。

  九马画山，漓江山水风光中最为著名的景观。

  黄布滩，漓江的另一处美妙绝伦的著名景观"黄布倒影"就在这里。第五版人民币面值20元的纸币其背景图案正是取自"黄布倒影"。

  独秀峰，在独秀峰东麓有着桂林最古老的古迹读书岩，"桂林山水甲天下"出自宋代王正功在读书岩刻下的《鹿鸣宴劝驾诗》，"桂林山水甲天下，玉碧罗青意可参"，将桂林、漓江景色凝练在诗意之中，成为千古绝句。

  伏波山，屹立在桂林城东北的伏波山，远远望去颇有"孑然独立"的意味。

  桂山，即叠彩山，由明月峰、仙鹤峰、四望山和于越山组成的叠彩山是一片优美动人的江畔风景区。

  穿山公园，著名的桂林古八景之一"穿山塔影"是塔山与寿佛塔倒映在小东江形成的美妙画面。

2003年11月于桂林

青玉案·

阳朔

田园山水村居迭，画里走、如诗悦。世外桃源寻路悭。悠然歌起，扁舟一叶，堤柳闻情切。

奇峰蝶彩泉溪澈，榕树千年秀灵彻。古朴石城峰岭越。遇龙河岸，拱石桥叠。银子岩莹雪。

2003年11月于桂林

格律说明：

此词入声韵，词韵第十六部，入声：五物六月七曷八黠九屑十六叶通用。

注：

蝴蝶泉：这里有缤纷的彩蝶观赏园。因蝶洞内有一股清澈的泉水从山腰悬崖间涌出而得名"蝴蝶泉"。

大榕树：树龄已经1400多年，树围近8米，树高达17米，其枝叶繁密茂盛，树荫的面积为100多平方米。走入树荫下，像是隐蔽在一个静谧的世界里。

石头城：听当地老人讲，石头城已有500多年历史。东南西北四座城门保存完好，四座城门都建在两山的垭口之间，地势险要，易守难攻。城中村寨房屋均用山岩特产的片石垒成，建筑内外不施浆粉，即古石城特有的片石古民居。

登山入石城，但见石城内山色青碧，风光秀美，五指山、螺丝山、青龙山，可谓群山环抱，峰岩高耸，涛起浪涌，云雾飞渡。

遇龙河：遇龙河水清澈见底，两岸遍布翠绿色的群山和农田，以及时隐时现的农家小屋白墙灰瓦。河面上屹立着一座座半圆形的石拱桥。石拱倒映在水中而形成了一个完美的圆形。

银子岩：溶洞内汇集了不同地质年代生长的钟乳石，晶莹剔透，洁白无瑕，闪烁出银子似的光芒，故被称为"银子岩"。

青玉案·

周庄

水乡泽国清灵境,碧野谧、青山静。黛瓦粉墙丹墨景。明清宅院,砖雕楼凳,石板行幽径。

人家房舍河中映,烟雨朦胧隐湖影。穿越逍遥飞梦醒。乌篷船渡,青莲包颈,荷兜船娘靓。

2010年6月

格律说明:

仄声韵。《词韵》第十一部仄声,上声二十三梗二十四迥,去声二十四敬二十五径通用。

注释:

靓(jìng):妆饰;打扮。

青玉案·
苏州园林

人随廊引园林荟，院成趣、庭吟味。移步生姿香染袂。湖光山色，风亭月榭，古木苍荫蔽。

留园精湛奇石异，拙政荷乡水云卉。沧浪清溪竹滴翠。通幽入胜，狮林禅境，洞壑峰峦屃。

2010年6月

注：

  词中引用了苏州四大名园留园、拙政园、沧浪亭、狮子林。其中，留园、拙政园与北京颐和园、承德避暑山庄，并称为中国四大名园。

  留园：始建于明代，占地面积约为2.3万平方米。以园内建筑艺术精湛、奇石众多而知名，是世界闻名的建筑空间艺术处理典范。园林分为东、中、西、北四部分，东侧厅堂华丽，重园叠户，中部山清水秀，古木蔽空，西边林木幽深，山林野趣，北面田园小筑，竹篱清韵。1997年留园被联合国教科文组织列入"世界遗产名录"。

  拙政园：是江南古典私家园林的典范，也是苏州最大的古典园林。始建于明正德初年，占地面积5.2万平方米。园内景观主要分为东、中、西三部分，全园以水为中心，山岛曲水，松岗竹坞，亭榭精美，花木繁茂，具有浓郁的江南水乡特色。中部主景区池水清澈广阔，遍植荷花，拙政园植荷有近五百年历史，园中多处景点与荷相关：如芙蓉榭、远香堂、香洲、荷风四面亭、藕香榭、留听阁等，为赏荷幽静之地。拙政园1997年被联合国教科文组织列入"世界遗产名录"。

沧浪亭：是苏州现存古典园林中最为悠久的一座，始建于北宋（由宋代诗人苏舜钦在五代池馆废园上修建）。在众多的苏州古典园林中，沧浪亭是唯一一座未入园而先得景的园林。葑溪自园东南萦绕园北，沧浪亭巧借园外萦回之水，浑然一体清逸脱俗，山石纵横古木森郁，竹柏翠碧野趣盎然。2000年沧浪亭被联合国教科文组织列入"世界遗产名录"。

狮子林：始建于元代，面积约10000平方米，是苏州园林中将传统造园艺术与佛教思想相互融合的代表，使其成为融禅宗之理、园林之乐于一体的古典园林。园内拥有国内尚存最大的古代假山群，假山内外上下盘旋曲折，穿洞越谷宛如迷宫，咫尺之间可望而不可即，必寻山路而行方可出洞，象征佛法无边。仰观满目叠嶂如入峻岭，俯视四面坡壑恍惚迷离，不可与一般假山同日而语，狮子林假山便是佛的象征。

公元1703年康熙皇帝游"狮子林"，赐"狮林寺"匾额，乾隆皇帝六下江南，均来到狮子林游览，题诗十首，题匾三块，其中"真趣"匾额至今仍存，悬挂于池边真趣亭中。乾隆对狮子林情有独钟，下令在北京圆明园、承德避暑山庄内仿建狮子林。2000年联合国教科文组织将狮子林列为"世界遗产名录"。

青玉案·
西双版纳

心驰千里逢迎迓,傣村寨、悬空跨。热带丛林风廊架。澜沧篝火,风情歌舞,果卉园如画。

景洪曼典飞瀑下,泼水狂欢尽情耍。绚丽迷人橄榄坝。糯香竹饭,菠萝紫米,普洱茶清雅。

2011年11月15日于西双版纳

格律说明:

《词韵》第十部,仄声:二十一马去声十卦(半)二十二祃通用。

注:

糯米香竹饭:傣族的一种用香竹、糯米及芭蕉叶烧成的米饭,诱人的淡淡竹香、晶莹柔软的米粒让人望而垂涎。

菠萝紫米饭:西双版纳的独特风味食品,将紫米放入新鲜菠萝内蒸制而成,这种果味紫米饭带有明显的菠萝味道,甜中带酸,甜而不腻,非常爽口,令人回味无穷。

普洱茶:西双版纳是中国著名普洱茶的主要原产地,走进西双版纳,茶园遍布千山万岭,茶树坡坡相连,清香扑鼻的普洱茶正在迎接着远来的客人。

五绝·
姑苏行

花好月轮明,凭栏舟上听。
弦音水色妙,薄暮姑苏行。

2010年6月于苏州

七绝·
乌镇

古巷老桥石板陆,高檐大院雕廊屋。
水乡河绕橹声轻,月隐阁楼初日沐。

1986年10月

格律说明:

此七绝为仄韵格律。首句入韵、仄起仄收,入声韵,《诗韵》入声【一屋】。

七绝·
游船

灯红酒绿浮香暗,流彩河心桥下船。
古调风情邀月夜,评弹软语响丹弦。

2010年6月于苏州

七绝·
无锡

江南腹地太湖滨,鱼米之乡久盛殷。
仰望大佛尊耸峙,慈悲渡众谛思真。

2010年6月于无锡

七绝·
同里古镇

古香流韵巷通幽,弄水环桥宅触舟。
遗世天成留幻境,婉约拙朴载遐悠。

2010年6月于苏州

注释:

  同里镇:江南六大古镇之一,位于苏州市吴江区太湖之畔。始建于宋代,距今已有千年历史,中国水乡文化古镇。

六言诗·
江南

淡色风恬静涵, 画船听雨青岚。
可曾轻声念起, 邂逅水韵江南。

2014年5月6日

格律说明:

  平声韵。《诗韵》下平声【十三覃】。

七绝·

清晨

融进温和入画川,长河月隐晓空天。
村山美境晨风好,摄进心头汇彩笺。

2014年5月

七绝·

云水谣

云水空蒙池镜明,青山叠翠见崝嵘。
画楼拥阁浮澜静,树盖穹苍春岸擎。

2019年6月4日

七言绝句·

北戴河

海滨避暑知名地,沙软潮平旷爽风。
万鸟栖临奇异境,登山寻壑探莲蓬。

1981年7月于秦皇岛

注释:

莲蓬:莲蓬山(又称莲蓬山公园),位于北戴河海滨中心西部,始建于1919年,是北戴河最大的森林公园。

永遇乐·

鼓浪屿

鼓浪传奇,世间仙境,灵动缥缈。水抱山环,葱芳烂漫,绮树青蕤绕。菽庄藏海,磅礴大气,庭院壮观精巧。日光岩、凌空耸立,叠石洞壑寺庙。

风琴八卦,春花秋月,傲视鹭江美好。亦足清宁,幽深古朴,雕塑浮壁照。浪平滩缓,一泓净绿,浴场落霞波渺。皓月园,雄威巨像,逍遥远眺。

1994年6月4日

注:

　　鼓浪屿将"诗和远方"做了极佳的解读,诉说着人们理想中的世外仙境。

　　词中引用了菽庄花园、日光岩、八卦楼(风琴博物馆)、亦足山庄、天然海滨浴场、皓月园等鼓浪屿风景名胜著名景观。

　　菽庄花园:鼓浪屿西南海湾边的一座中式园林。全园分为藏海园和补山园两大部分,园在海上,海在园中,动静对比,相得益彰,既精巧雅致更大气磅礴。

　　日光岩:鼓浪屿的最高峰,海拔92.7米,日光岩也称"晃岩"。

　　八卦楼(风琴博物馆),屹立鹭江之畔、雄视厦门,鼓浪屿海峡的八卦楼独具特色,圆圆的红顶楼呈八卦形状,故称为八卦楼。它是海轮进出港的标志,始建于1907年,融东西方建筑文

化于一体，借鉴巴勒斯坦、希腊、意大利和中国经典建筑风格，充分展示了中西结合的古典美。如今这里是存放着 5000 余台风琴的博物馆，也是国内唯一、世界最大的风琴博物馆。

亦足山庄：亦足山庄设有高大欧式门楼，门楼与主楼之间雕塑照壁，大理石阶，花坛石凳，短墙浮雕极具特色，组合出极具韵律感的外形美。

皓月园：郑成功纪念园。郑成功巨型石像伫立在海天山色间，遥望着台湾岛。皓月园的名字取自郑成功的诗句"思君寝不寐，皓月透素帏"。

永遇乐·

厦门大学

葱郁清新，依山环海，琉瓦红墅。浪漫风情，南洋景致，涛涌时听鹭。芙蓉湖畔，如约诵读，勤勉促膝晨暮。轻挽你、青春学子，校园美好今度。

囊萤映雪，同安集美，笃志秉承寄语。奋进博学，宽柔以教，学统优建树。群贤楼伫，仰瞻塑像，体会感同深悟。白沙滩、相拥纯净，并肩信步。

1994年6月

注：

厦门大学：由爱国华侨陈嘉庚先生报以"国家之富强，全在乎国民。国民之发展，全在乎教育"的信念，创建于1921年。

陈嘉庚先生投身教育事业一腔热血，鞠躬尽瘁，即使在他事业最为困难时期，仍坚持"宁卖大厦，不卖厦大"的坚定信念，毫不动摇地支持教育事业。

集美、同安、囊萤映雪均为校园内建筑的名字，这些极富韵味的名字并不出于偶然，有着良好学统的"厦大"，以此为校园建筑命名，意在令学生秉承古意，博学笃志，"致吾知于无央""充吾爱于无疆"。

永遇乐·

海南

水秀山清，宛如诗画，南国琼岛。浩瀚无涯，海天一色，拍岸垂云渺。诱人瓜果，奇花异草，热带景澄霞绕。赏不尽、流连忘返，眇空绿净殊妙。

椰姿百态，炊烟轻袅，独特东郊田貌。玉细沙绵，瑶波如镜，清澈浮碧淼。东坡书院，松涛水库，五指起伏山峭。万泉河、峰林两岸，渡舟赛棹。

2003年11月于海南

格律说明：

　　《永遇乐》词牌名，有平仄韵两体，此词仄韵体，双调，一百零四字，上下片各四仄韵。

　　词韵第八部，仄声：上声十七筱十八巧十九皓，去声十八啸十九效二十号通用。

永遇乐·

青岛

欧陆风情，瓦红沉绿，山海深渺。石路蜿蜒，老街古巷，曲径步悠窈。长虹远引，回澜飞阁，极目栈桥临眺。花石楼、风格古堡，尽观海岸风貌。

层峦别墅，西洋情致，八大关园精妙。咫尺云天，奇观旭照，崂顶峰雄傲。金沙碧浪，汇泉湾畔，浴场海滩清沓。樱花园、迎春斗艳，灿霞簇俏。

1998年10月

注：

　　词中引用了青岛独具特色的老城街巷，引用了"栈桥""花石楼""八大关别墅风景区""崂山、崂顶""汇泉湾畔海水浴场""鲁迅公园樱花园"等青岛著名景观。

大连跨海大桥两首

七律·
星海湾大桥（一）

时尚之都绣锦篇，行云跨越彩桥牵。
船漂凌水山林静，黑石鸣鸥舞翅翮。
夕眺风姿星海貌，朝观水媚金沙涟。
闲情览胜频回目，顺畅八方共颂传。

2015年10月

注：

凌水、山林：分别为凌水湾和西尖山。
黑石：黑石礁区域，包括黑石礁广场、自然博物馆，海岸线延伸，连片的礁石及海面上礁石中成群的海鸥起舞。
星海：包括星海公园、星海广场，以及贝壳博物馆、揽月桥、城堡酒店，等等。
金沙：金沙滩浴场。以上均为步行跨海大桥能够观赏到的景点。

七律·
星海湾大桥（二）

浪漫之都景色添，长虹波卧画屏间。
船行凌水时回首，欧恋礁湾久往旋。
俯瞰多姿星广场，遥观一线海云天。
约车邀友频频叹，畅顺八方好大连。

2015年10月

注：

  2015年10月30日，大连星海湾跨海大桥竣工开通。它不仅有效缓解了中山西路交通压力，更是连接旅顺、高新区与中心城区的一条快速通道。

  壮美的星海湾大桥是国内首座海上地锚悬索式跨海大桥，在景观上与星海广场呈山、海、桥、广场多种元素浑然一体的画面，为滨城增添了一道靓丽的海上美景。

七律·

星海广场

凭栏碧海澹空明，天净鸥翔接远泓。
桥贯腾虹飞那畔，岑楼浮岸入波平。
绿篱卉木迎人笑，叠迹城雕睹物情。
书页骋怀读意境，长笺在目品人生。

2021年11月25日

注释：

骋怀：开畅胸怀。

七绝·

林海路

青藤翠蔓簇花芊，芳甸山容幽径延。
夕雾晨辉林海路，水天相望入峰巅。

2019年5月3日辰时

七绝·

乘游艇有感

天地与人并存荣，生灵万物总含情。
和谐共处同尊信，鸥水相依海际行。

2020年8月8日

七绝·
海鸥飞处

清风鸥列浪花开，回望逐音扑面来。
艇入碧波天海阔，驰骋欢快笑盈腮。

2023年8月4日午时

减字木兰花·
读诗步晚

水天漓漓，暮卷霞云飘似旗。明月初升，光入三山扶翠屏。

霓虹眺远，恐换瞬华且萦宛。曾几何时，但看经年几深思。

2020年1月4日

七绝·
北海银滩

北海碧清滩平阔，沙白如脂细柔绵。
奇瑰静美银光闪，舒适宜人净朗天。

2003年11月于广西北海

七律·

油菜花和诗

放眼鹅黄向日金,碧波荡漾探花深。
和风馨面含香色,雨润芳姿蔟绿荫。
淡雅晶莹光彩动,自然纯朴画中寻。
竹篱村野悠闲地,行处田园逐景吟。

2021年3月30日未时

七绝·

春景

遍野芳情暗柳堤,驻足秀色草萋迷。
感知南国春来早,万顷韶光嵌琉璃。

2019年4月6日

七绝·

湿地风裳

春情春色舞霓裳,风韵犹存着彩妆。
湿地公园塘坳外,花颜美色咏行香。

2021年4月17日

注释:

【七阳】
行香:行香子,词牌名。

閒吟策杖
倚天風
絕頂高
攀百尺松
持鏡舉來
秋在鬢
波嶠自笑
尚填胸
仿張大千閒吟策
杖圖
明利書畫

第三章 北国放歌,雪域高原

七律·大漠胡杨

植身大漠伟人风,穿越沧桑意未穷。
万古沙生根不朽,千钧挺立木成终。
金枝玉臂霜凌地,英骨芳姿傲碧空。
豪气冲天遮荒暴,柔情无尽罩茏葱。

2017年10月20日

七律·齐齐哈尔

鹤城净土卜奎乡,远始金初古韵长。
民国大清居首府,安邦重镇定北疆。
嫩江鱼贝东珠贡,沃野牛羊北大仓。
八景风光寻胜境,中华菜品美厨强。

2015年10月

注：

卜奎: 齐齐哈尔也称卜奎城。

嫩江：全长约 1370 公里，是黑龙江水系最长的一条支流。

东珠：嫩江中上游地带，是我国古代宫廷用珍珠的主要产地，被称为东珠。东珠为贡品，那时的普通百姓不得私藏及佩戴。

八景：为曾经的卜奎八景，分别是，西园消夏（龙沙公园）、东墅及春（原二马路小学附近东北公园）、莘江钓舸（浏园）、芦港归帆（葫芦头码头）、沙中丘壑（黄沙滩）、泊上沧桑（西大桥西泊，现劳动湖）、孤亭野色（普恩寺前海粟亭）、古塔城荫（东门外镇城古塔）。

中华菜品：在齐齐哈尔，无论你走进任何一家饭店，饭菜的味道都会让你拍案叫绝。它源于清康熙年间之后，齐齐哈尔逐渐成为东北地区的经济文化中心，作为省首府，一些上任的官员，多带有技艺高超的厨师，又将其流传到民间，在流传中不断吸取当地民间筵宴和宫廷饮食中的精华并传承至今。

七律·
扎龙丹顶鹤

芳葇广袤芦花荡，湖泊粼漪阔野间。
灵动泽生栖静谧，飞鸣仙鹤觅幽娴。
彩霓祥瑞乘千岁，高贵雍仪度世寰。
优雅倩姿凌翼舞，翩然潇洒御云攀。

2015年10月于齐齐哈尔

注：

  扎龙国家级自然保护区是闻名遐迩的丹顶鹤故乡，是我国最大的芦苇湿地，也是我国第一批加入国际重要湿地组织名录的湿地。保护区面积达 21 万公顷。由乌裕尔河下游流域漫溢而成的淡水沼泽地和无数小型湖泊组成。主要保护对象为丹顶鹤等珍禽及湿地生态系统。

青玉案·

哈尔滨

北方雪域冰天地，夏避暑、冬深邃。江岛林荫泉瀑沛。百年街市，风情别异，小巴黎名气。

玉泉狩猎金源最，圣索菲亚述精美。七级浮屠极乐寺。湖山风景，二龙清丽，碧水银峰翠。

2007年12月

注：

百年街市：哈尔滨中央大街被称为"亚洲第一街"，始建于1898年，中央大街的建筑汇集了欧洲15至16世纪文艺复兴风格，17世纪巴洛克风格，18世纪折中主义风格和19世纪新艺术运动风格等西方最具影响力的建筑流派，涵盖了西方建筑艺术的百年精华。

漫步在中央大街，各种欧式建筑美得让你目不暇接。古老的建筑诉说着这个城市深厚的历史和文化底蕴。马迭尔宾馆就坐落在中央大街，经过百年的磨砺依然那么时尚和浪漫。

圣·索菲亚教堂：坐落在哈尔滨市道里区的圣·索菲亚教堂是一座始建于1907年拜占庭风格的东正教教堂，精美的建筑、特有的钟声，总会使你陷入想象之中。

玉泉狩猎场：是我国最大的封闭式狩猎场，起源于金代，古迹众多，被誉为"金源文化旅游区上的一颗明珠"。

二龙山风景区：位于哈尔滨市东 50 公里处，二龙山因二龙湖而得名，二龙湖又名二龙山水库，始建于 1958 年，一湖碧水，三面环山。两座青山绵延而入，揽珍珠小岛于怀中，形成了二龙戏珠的人间奇景，有"哈尔滨东方花园"之美誉。

东临碣石，以观沧海。水何澹澹，山岛竦峙。树木丛生，百草丰茂。

曹操《观沧海》

明利书画

永遇乐·

吉林

浓郁习俗，关东风貌，传统奇致。原始森林，皑皑雪岭，长白浮静邃。一平如镜，天池清澈，圣水龙潭神秘。雾凇美、晶莹剔透，亦真亦幻灵瑞。

乘船垂钓，松花湖畔，鱼宴味珍馋嗜。特色民情，乌拉古镇，千载沧桑地。莲花仙境，得天独厚，古木嶂峦空翠。海青山、尊佛卧睡，赏观妙赐。

1981年12月

注：

  因参加学习培训，我第一次来到吉林，在我感冒发烧生病的时候，亲爱的同学们曾给予过我无私的帮助和温暖的关照，同学之情使我长久思念，终生难忘。许多友爱、亲切的面容始终镌刻在我的心中，定格在美丽的吉林，书写成永恒。

山海关老龙头

千年纵贯十万里,舞浪弄涛镇海寰。
华夏之魂精华地,长城捍御傲雄关。

2019年9月7日

七绝·
嘉峪关

嘉峪雄关天下先,苍山大漠六百年。
通商设隘行西域,追古抚今去吁然。

2020年10月13日

七律·
小雪时节

小雪初时绿野沉,林峦缃叶迹犹寻。
柳云散漫鸿飞急,呼啸松风山壑吟。
冷霭似来霜气重,韶晖过尽雨霏阴。
纷呈秋色终疏浅,衰草寒烟满目深。

2021年11月22日(小雪)午时

七绝·

大雪时节

风闻草木雪从枝,清冷无尘淡寂时。
默悟虚闲遗万虑,心生宁静尽皆诗。

2021年12月7日卯时大雪

七律·

藏情风

淳朴民风我所钦,驰情感悟久讴吟。
修行广布泽于世,执着虔诚转经轮。
瑰丽湖川初访觅。苍穹日色几参寻。
一方净土明如镜,万里长歌藏域深。

2022年7月17日

注:

  西藏的神奇和魅力包含着摄人心魄、磅礴大气的美,包含着水乡温婉、韵味悠长的美,更包含着使人肃然起敬的西藏文明、有着传统文化信仰的人文精神,它们共同构成一种洗涤灵魂、净化心灵的藏情之风。

七律·
鲁朗林海

云峰雾壑木葱茏，雪耸冰巍叠秀崇。
天际森林山水意，经幡村落藏情风。
篱笆木屋田园馥，草甸溪流探碧丛。
偎翠依红花影绰，牧歌缥缈幻灵空。

2022年7月18日

七律·
西藏巴松措

圣湖深谷赋高峡，碧绿巴松水一涯。
山麓漫函云幄雾，林杉衬映雪峰霞。
黄鸭白鹤沙鸥靓，锦野青稞净土葩。
风诵经幡神护佑，人文古老引光华。

2022年7月19日

注：

　　巴松措又名措高湖，藏语"绿色的水"，长约18公里，面积约27平方公里，最深处达120米，湖面海拔3480米。位于西藏林芝工布江达县错高乡巴河镇约36千米的巴河上游的高峡深谷里，是一处著名神湖和胜地。

七绝·雅鲁藏布大峡谷

云腾雾罩穿林海,雪岭冰川入苍穹。
骇浪惊滩飞雨瀑,生灵秘境探无穷。

2022年7月16日

七绝·南迦巴瓦峰(一)

冰清玉洁羞女峰,神秘萦缠绝色容。
翠麓峡湾深峻谷,金山落日九霄彤。

2022年7月16日

七绝·南迦巴瓦峰(二)

神峰雪域向璇穹,仙境云崖碧宇宫。
护佑一方生净土,天堂之往入玄通。

2022年7月16日

七绝·
西藏波密

满目波光绿两岸,田园牧曲见江南。
一滩风月寻芳草,广袤沙洲亘远峦。

2022年7月20日

渔歌子·
扎西岗村

世外桃源入碧霞,群山环绕遍野花。
炊烟袅,笼轻纱,篱笆木屋几农家。

2022年7月20日

格律说明:

词韵第十部
平声:九佳(半)
六麻通用。

注:

传说文成公主进藏时路过这个村庄,取名扎西岗村,扎西岗是吉祥坡的意思。

菩萨蛮·

西藏林芝

柔情曼妙林芝韵，怡然藏寨尘寰隐。
雪域小江南，画山溪涧潺。

高峡云壑谷，湖映雪峰矗。
水镜碧如蓝，空澄凝彩岚。

2022年7月20日

格律说明：

《菩萨蛮》词牌名，双调四十四字，每两句一转韵，共四仄韵，四平韵。

词韵第七部平声：十三元（半）十四寒十五删一先十三覃十四盐十五咸通用。

减字木兰花·

西藏古乡湖

人间仙境，楼阁亭台湖隐映。
松柳苹汀，芳草扶疏舟叶轻。

雪山倒影，空碧拂云天水静。
爽目澄渟，风动泠泠波净明。

2022年7月19日

格律说明：

《减字木兰花》双调，四十四字，每两句一转韵，共四仄韵，四平韵。

忆江南·
西藏拉萨

同赞叹,布达拉宫观。
晴碧空灵明似洗,澄莹湖色翠如蓝。拉萨胜江南。

2023年正月初九

七绝·
纳帕海

清风扑面醉花茵,绿意无涯耳目新。
淳朴藏情飘逸至,相约芳甸踏进春。

2021年6月于香格里拉

注:

　　6月的香格里拉纳帕海草原绿浪起伏、各种花草相继开放,如同春天。

雲峰仙境圖
霞中雪域江
南藏情風
胡馨詩畫

七绝·
探秘高原

心中日月玉龙姿，一路风情一路诗。
滇藏高原茶马道，寻幽集结探真知。

2021年6月于香格里拉

注释：

心中日月：香格里拉在迪庆藏语中意为"心中的日月"。

玉龙：玉龙雪山。

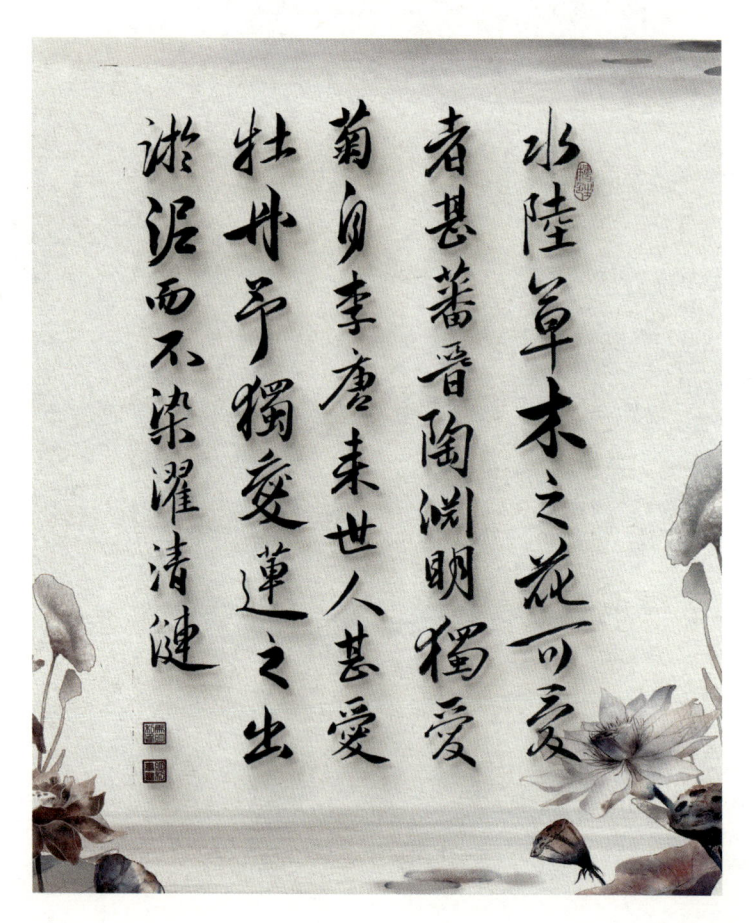

第四章

轻烟飞雨入画来,
聊赠春柔山水间

七律·

春雪

叠雪飘零暖正归，长风共舞落声微。
一湾碧水清涟动，万点柔黄柳燕飞。
草色桃红香径浅，枝新叶嫩旷林霏。
时光也把温情送，为我披帏入画扉。

2019年3月31日

七律·

踏春

茵茵草色啄新燕，娇绿晨曦翠叶芊。
云淡风轻留逸境，露珠微雨入心田。
春深掠过行云步，景远忘归日月眠。
一径蜿蜒淳朴处，感知静好蔚蓝天。

2013年5月

减字木兰花

花明天净,润透沁凉林苑径。
春水盈盈,风柳依依遍芳情。

翠微深处,共赴如期香露著。
百转千回,绿浅娇红影低徊。

2017年5月

一剪梅

烟雨飞花风叩门,风也温存,雨也温存。
韶光莫是落诗痕,晓色春魂,暮色春魂。

解作千般竟入深,知了绝伦,藏了绝伦。
始知相望见霁云,念是东君,如是东君。

2019年5月

七绝·春柔

拂柳清风弄舒颜,淡疏明秀落层山。
轻烟飞雨娟娟画,聊赠春柔云水间。

2014年5月

七绝·
春染画意

晨拈素笔雕清逸,暮绘时光品悠闲。
春染馨香书画意,一笺墨韵写安恬。

2019年3月15日

七绝·
海天

碧海蓝天千慨语,海鸥飞处百声啼。
春风几度今曾是,纵目聆音入新题。

2020年3月14日

七绝·
茶

嫩芽香叶酌泠茗,云外青山竹雨清。
芳气闲轩琴易韵,千秋俯仰若平生。

2019年9月16日酉时

春风袅娜·
五月之恋

拂枝丹彩动,斗艳芳菲。珠玉笑,柳含姿。澹烟微雨过,云光扶翠;缤纷四溢,澄碧韶晖。粉黛嫣红,呢喃轻唱,草木灼华蜂蝶低。采撷香氛缀濡墨,毫笺霞袂伴霏微。

对景绣林锦野,蔫绵烂漫,花间向、晚照生辉。朦胧月,静书帏。柔风浅醉,浮上颊绯。诗韵幽妍,画行山水;花簇天地,歌乐心扉。余馨脉脉,恋清芬五月,风情荡漾,曼舞神飞。

2008年5月

格律说明:

《春风袅娜》,词牌名,双调,一百二十五字,上下片各五平韵。上片第三、第四句用对仗。下片第八、第九句,第十、第十一句用对仗。

《词韵》第三部,平声:四支五微八齐十灰(半)通用。

天仙子·
五月情愫

湖畔柳丝柔翠浅，吹尽春烟微雨暖。花飞曼舞草泽新，红灿烂，香弥漫，五月氤氲滢燕婉。

笑语莺歌云漾展，绿动山萦芳溢远。霞连艳丽染颊边，依余韵，留眷恋，天地清和灵动满。

2009年5月

格律说明：

　　《天仙子》词牌名，双调体，六十八字，上下片各五仄韵。
　　《词韵》第七部，仄声：上声十三阮（半）十四旱十五潸十六铣二十七感二十八俭……去声十四愿（半）十五翰十六谏十七霰二十八勘二十九艳三十陷通用。

七绝·
明泽湖

垂杨轻舞水涓涟，姿影泽湖淡笼烟。
温婉盈怀风物过，清和五月夏初天。

2011年5月

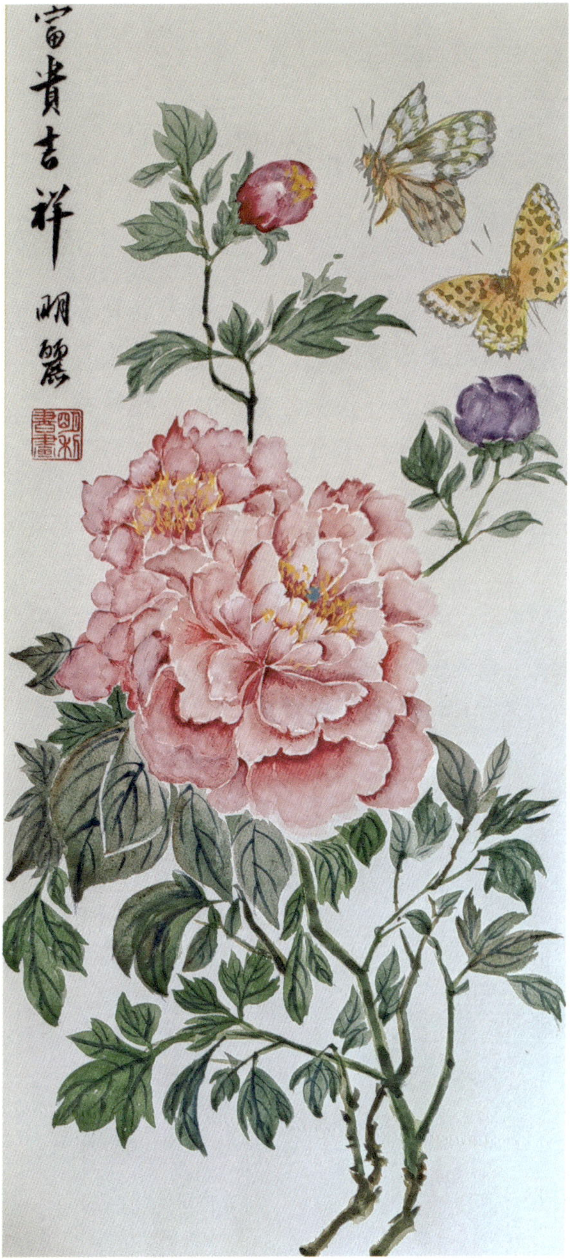
富貴吉祥
明麗

七律·
春色明泽

婷婷袅袅垂杨柳,春上梢头满目芬。
细雨含烟清浅色,和风笼晕翠浓薰。
纤枝拂水舒飞袂,柔叶凌波展舞裙。
堤暮萦丝携手月,飘绵寻絮日行云。

2010年4月

注:

春天,喜欢来明泽湖公园看沿湖如诗如画、美不胜收的垂柳,这里浮现着我儿时的记忆,依然保留了那时候的美好样貌。

龙王塘樱花

春满龙塘花浪袭,千朵万朵压枝低。
赏花游客如潮涌,拍照流连不肯离。

2005年5月于旅顺龙王塘樱花园

七绝·
莓园有约

菲门草径笑面开,碧叶嫣红染莓腮。
绿野盈盈春风处,清欢豪兴为君来。

2019年4月2日午时

七绝·
樱花雨

花掩云霞风里飘,霏红沓翠雨中娇。
纤萦清浅纷樱坠,凝脂芳姿化艳韶。

2019年4月16日

七绝·
双节巧遇

春日春宵春色柔,女神巧遇龙抬头。
共方携手同寻梦,凤翥龙翔耀九州。

2019年3月8日(农历二月初二)

七绝·
起舞桃花开

寻音踏乐觅天仙,入看山林影翩跹。
绕树风情七姐妹,桃花起舞闹春园。

2018年4月12日

七绝·
春山花容

林海夕阳山路间,芳丛暖翠染霞天。
沐风云壑归栖鸟,春野花容渐媚妍。

2019年4月17日辰时

七绝·
惜春和诗

幽思云涌春风日,草木山川百啭啼。
雪化香魂相映处,时花众卉柳丝低。

2020年3月18日晨

七绝·
立春大吉

立春大吉万象新，向暖而生步芳辰。
龙翯祥云行好运，所期所盼皆成真。

2024年2月4日立春

六言绝句·
植物园之春

粼粼水色垂钓，隐隐山光荡桥。
松茂林荫苍翠，芳菲红粉妖娆。

2005年5月大连植物园

七绝·
茶园

山岭茗园绿垄长，春芽新雨净梳妆。
翠石小路岩峡外，满目青峰遍野香。

1994年4月

七绝·
天鹅

早春和美晓初晴,
纯净恬然画自成。
海浪渔村天鹅舞,
远飞归宿又登程。

2018年3月30日午时

七绝·
春山瞰海

极目山光立重岩,
海天一色挂云帆。
青山踏遍春无限,
自有情怀个中函。

2019年5月5日

第五章 你把美丽带给人间

念奴娇·

赏荷

湖光花畔,荡无穷荷韵,田田擎露。翠盖浮馨掬有致,层叠凌波起舞。绿意倘佯,晶莹剔透,照水临风处。翩翩仙子,益清香远如故。

尽展仪态万方,千姿玉立,碧裳披霞伫。恬静简约于碧澈,化腐神奇无数。本色天然,芳心不染,淡洁伊倾慕。亭亭飘逸,卷舒交映夕暮。

1998年7月

格律说明:

　　《念奴娇》(词牌名)仄韵格,正体。双调一百字,上下片各四仄韵。(此词非苏轼《念奴娇》"大江东去"体)
　　词韵,第四部仄声:六语七麌通用,去声六御七遇通用。

注:

　　写北京北海公园北海湖、北京大学未名湖荷花。

七绝·

题荷花

亭亭出水舞衣红,静美丰盈香益同。
淡远濯清终不染,万方仪态净植中。

2018年11月26日

天香·

牡丹

国色天香，雍容典雅，气质天成高贵。一顾倾城，惊鸿楚楚，娇韵无匹华美。脉盈春醉，含笑看、倚阑亭北。会向瑶台几度，祥辉瑞云丛荟。

卓然不群昳丽，若冰心、仙姿丰媚。不惧时俗清傲，静幽之地，恬逸葳蕤灿蔚。锦园簇、丹霞珠玉翠。独领春风，名冠百卉。

2016年5月

格律说明：

　　《天香》（词牌名）正体，双调九十六字，前段十句五仄韵，后段八句六仄韵。以贺铸《天香·烟络横林》为代表。

　　词韵，第三部仄声：上声四纸五尾八荠十贿（半），去声四寘五未八霁九泰（半）十一队（半）通用。

七绝·
兰花

兰生淡雅婭飘逸,神韵空灵不显华。
细叶始春花茎碧,清馨缕缕沐香葩。

2016年2月

七绝·
咏兰

清风弄影见逍遥,芳韵兰馨恬逸飘。
摇曳生姿超然至,春晖绿艳动青韶。

2024年2月25日未时

七绝·
牡丹园

超然风采牡丹园,宁静宜人草木蕃。
华贵端庄夺惊艳,翩翩清韵烁香魂。

2022年5月2日戌时

格律说明:

【十三元】

牡丹花开

娇艳娉婷珠玉香,
倾城丹彩压群芳。
仙姿夺尽人间秀,
瑞色缤纷富贵乡。

2022年5月2日亥时

格律说明:

【七阳】

七绝·
牡丹

名花国色冠群芳,
容彩珠香自染妆。
天赋真姿雕玉面,
物华旷世粹含章。

2020年5月7日

阮郎归·

梅花

格律说明:

金陵冬日绽初梅,疏浓点锦菲。幽香清雅傲琼枝,缤纷扬舞姿。

风凛冽,雪飘飞,花芳俏影垂。觉知独领唤春归,冰晶融玉霏。

1987年腊月于南京

《阮郎归》词牌名,双调四十七字,上下片各四平韵。下片第一、第二句为三字对句。

《词韵》第三部,平声:四支五微八齐十灰(半)通用。

注:

  腊月岁尾,我们做煤气储备自动控制系统项目调研。在飘着雪花的南京某研究所里,我初次看到了冰天雪地里凌霜傲寒盛开的梅花,那几近透明的浅色花瓣让我惊艳,为之赞叹。

醉花阴·
茉莉

清雅玲珑滢似雪,明净无妆洁。恬淡仁不争,素体霜妍、玉脂冰姿杰。

芬葩菁翠枝尖叶,粒粒合花结。天下第一香,馨逸绵延、久远瑶芳晔。

2002年5月

格律说明:

《醉花阴》(词牌名)双调五十二字,上下片各三仄韵。

此词入声韵,词韵第十六部,入声:五物六月七曷八黠九屑十六叶通用。

鹧鸪天·
劳动公园荷花池

常忆荷花遮满塘,团团翠盖沁清香。蛙鸣清照萍中跳,碧净珠波鱼戏忙。

听雨落,影声长,衰红残叶藕蓬藏。简约空静非摹比,点染莲心透故芳。

2007年8月

格律说明:

《鹧鸪天》(词牌名)双调五十五字,上下片各三平韵。上片第三、第四句对仗,下片两个三字句对仗。

《词韵》第二部,平声:三江七阳通用。

注:

儿时那个有着"接天莲叶无穷碧"之势的劳动公园荷花池,依然在心中荡漾。

梅两首

宋代诗人林逋七律《山园小梅》，喜爱其中"疏影横斜水清浅，暗香浮动月黄昏"的诗句。引用其句作七律两首。

七律·咏梅

凛寒风冽霜飞雪，清逸飘仙傲骨枝。
疏影横斜藏暮晚，暗香浮动露晨曦。
娇而不艳冰肌缀，俏却超凡玉面垂。
风雅洁姿轻独秀，寄梅聊赠意谙知。

格律说明：
　　首句平起仄收式。《诗韵》一、上平声【四支】。

2017年2月

七律·校园蜡梅

寻梅方始含霜雪，一剪清幽神往之。
疏影横斜迎学子，暗香浮动送尊师。
姗姗玉骨芳如故，蜜蜡澄黄故自奇。
料峭凄寒风卷地，报春脉脉有香枝。

格律说明：
　　首句平起仄收式。《诗韵》一、上平声【四支】。

2017年3月2日

注：

　　每年三月初，大连交通大学的两棵蜡梅会引来众多赏花拍照的人们，多么希望大家不要再有伤害这两棵蜡梅的举动。

古风·

题雪中红梅

梅雪交相春独占，玉肌冰魄馨妆艳。
凌寒清韵迎晓风，且作东君第一念。

2022年2月11日辰时

七绝·

雨后散步

蓦然美景在身边，小径含香草木娟。
秋雨初停花露重，牵牛萦蔓拂红嫣。

2022年8月4日

临江仙·

竹

娟净细香疏拂绿,琅玕翠色长青。风摇涤露沁洁泠。修枝似玉,清丽静空明。

不畏世俗纷扰在,任凭风雨横生。虚怀若谷自无争。孤高劲节,凛凛凌云行。

2008年9月

格律说明：

　　《临江仙》(词牌名)，双调,五十八字,上下片各三平韵。

　　《词韵》第十一部,平声:八庚九青十蒸通用。

七绝·

玫瑰

——题秀楣今日雨园中剪来几枝玫瑰

含露妆容笑靥红,花开艳丽色不同。
琉璃翡翠交相映,雨后晶莹透玲珑。

2021年5月16日午时

格律说明：

【一东】

七律·
蔷薇

自许花期望几程,
香笺馨语若循声。
千般娇态篱墙动,
万种芳姿院宇倾。
锦簇依风流眷恋,
瑰红惊艳落繁英。
盎然神采摄心魄,
柔媚纡萦故有情。

2019年6月

七绝·
槐香

袅袅风含沁润香,
推窗夕下惠馨长。
遥知山色林荫动,
玉翠清新拂绿妆。

2017年5月

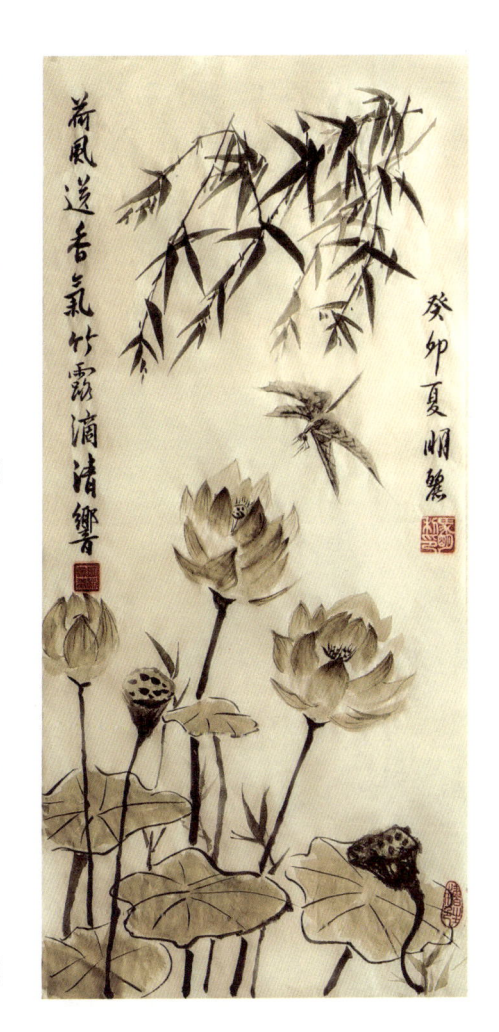

阮郎归·

芝樱花海

玉颜娇俏落胭红,飘然动碧空。云霞流锦露华浓,飞香凝画融。

春写意,卉幽衷,化蝶拥绿丛。相扶照野翼无穷,芝樱花海中。

2020年5月3日

格律说明:

相同词牌名已做过的格律说明,这里不再赘述。

七绝·
芝樱花海

芳海芬葩踏丹痕，千姿百态动香魂。
山容花意丛中语，风远霞连意犹存。

2020年5月2日

七绝·
杏花

风中凝脂动香氛，始见杏花倚锦云。
院落阶前春意闹，夕阳雨后落霞雰。

2014年4月

七绝·
雨荷

红衣仙子碧波生，荷雨苹风叶露清。
凌步轻摇扶翠伞，净植香远赋秋声。

2022年8月20日申时

中通外直不蔓不枝香遠益清亭亭淨植可遠觀而不可褻玩焉予謂菊花之隱逸者也牡丹花之富貴者也

第六章

对景君须记,清秋静美时

七律·新秋

新秋处暑始凉生,叶叶金风天地清。
飒爽碧空斜阳里,云英凝露曙星更。
莲蓬香溢芙蓉冷,山果争红谷黍成。
月影舒波寻早雁,静聆远近有蝉声。

2019年8月23日处暑

七律·清秋

一雨清凉薄暮归,水声极目静云飞。
千流婉转滴檐净,万点玲珑爽入扉。
月度层林山色黛,天河晓岸浦霞霏。
入心意韵君须记,最是清秋动翠微。

2019年9月5日

七律·

秋境

秋入情怀静自来,素笺心语诗香开。
池风清墨流年笔,荷月一方锦瑟台。
步远访林寻未尽,悄吟漫咏寄徘徊。
梦华几度千般境,长路相行且运裁。

2018年9月25日

七律·

品秋

格律说明:

《诗韵》下平声六麻。"斜"在诗中读音为 xiá。

秋景流丹灿若霞,霜林醉染宛如花。
入诗作画书暄美,提笔行文咏妙华。
风起蕴含烟月雨,落云透现日西斜。
诉说深意斑斓色,情动缤纷共蒹葭。

2019年10月7日

七律·

秋色迎宾路

冷红栖露落霜轻,秋碧回廊动画屏。
淡淡疏林通月径,纷纷坠叶砌风亭。
松间栈道斜阳隐,绿地草茵落晓星。
旷朗云轻留雁影,绕石流景对山青。

格律说明:

　　九青,首句临韵八庚。

2021年11月23日酉时

注:

迎宾路:大连棒棰岛迎宾路。

七律·

知秋

蒹葭青影白露霜,雁字迢迢秋水长。
山色横空林渐染,清泓垂月夜微凉。
雨痕淡淡噙香叶,云霭绵绵落日藏。
浮翠流丹风韵净,素心深处蕴时光。

2020年9月29日

七律·
秋夕荷塘

初秋伏暑未觉凉,七夕云河星夜长。
湿地林园含净色,藕塘绿浦溢荷香。
朦胧意态添神韵,馨逸清姿并兰章。
在水一方伊淡远,玉丛遥映话幽芳。

2020年8月25日

注:

荷塘:大连前关湿地公园

过秦楼·

秋韵

云水禅心，近临秋朔，幽远澹如极致。枫红玉露，听雨残荷，淡墨一泓清邃。凉惬浸上轩窗，掬满秋声，绰约而至。见丰腴兰馥，馨香迎面，穰川千里。

风荡漾，气爽云舒，长天一色，透现碧蓝澄丽。雁行飞远，寻断蝉鸣，落叶铺陈诗意。涤净流华，皎轮星夜琉璃，空明如洗。时光风韵里，恬静安然心底。

2013年9月

格律说明：

《过秦楼》（词牌名）双调，一百一十一（111）字，上下片各四仄韵。上片第一、第二句，第四、第五句，下片第三、第四句，第五、第六句，用对仗。

词韵，第三部仄声：上声四纸五尾八荠十贿（半），去声四寘五未八霁九泰（半）十一队（半）通用。

七绝·

银杏叶黄

翩飞簌簌静襟深，一树娉婷一份真。
沿路临街秋染尽，留香回望见丰淳。

2010年11月

采桑子·

银杏叶黄时

轻拾飞叶飘凌过,明艳风霜,清秀苍凉,银杏缤纷秋意黄。

斑斓铺地金霞走,跳跃阳光,遍布馨香,扇舞倾情偕乐章。

2011年11月

格律说明:

《采桑子》又名《丑奴儿》等,双调四十四字,上下片各三平韵。

《词韵》第二部,平声:三江七阳通用。

忆江南·

秋色

丹彩地,枫叶静秋深。飘落漫山平野色,画林风树共霜云。尽染景中人。

2014年11月

格律说明:

《忆江南》(词牌名),单阕,二十七字,五句,三平韵。首句第二字以用仄声为宜。

词韵第六部,平声:十一真十二文十三元(半)十二侵通用。

七绝·
秋

秋风剪叶枫红飞,雁阵惊寒听雨归。
云淡清蓝岁月远,一声珍重待菲薇。

2018年11月7日午时

七绝·
秋水

宿雨清泠一色天,澹空明镜水灵川。
树丛桂渚横舟静,亭隐晨林映碧涟。

2010年10月4日

菩萨蛮·
秋思

长天垂碧云空际,莹莹秋水波光里。
心入水云间,斑斓绕耳边。
翩翩兰棹举,灵动闻之语。兴绪放飞时,伊何相若兹。

格律说明:

相同词牌名已做过的格律说明,这里不再赘述。

2014年10月

七律·
七夕

仰望牛郎织女星,今宵诉尽几多情。
倾心与度佳期梦,吐意幽怀无际程。
爱海升帆因一遇,鹊桥银汉为长行。
金风玉露相逢处,不问离愁别念声。

2014年七夕

五绝·
秋兴

秋兴情未了,投赠岭之枫。
絮语风无已,含羞玉叶红。

2018年11月

七绝·
秋荷

绿畔堤杨问荷花,新秋潭影照年华。
每惊念恋方回首,岁晚卿云五色霞。

2020年8月23日

五律·

重阳

台望登临远,秋风雁渡寒。
庭阶凉叶静,院落泽菊安。
斗转星移幻,流光落远峦。
重阳空月净,旷野暮云宽。

2019年10月7日酉时(重阳节)

七绝·

重阳

适逢国庆又重阳,佳酿弦歌且咏觞。
国泰民安人竦健,赏菊拂桂话安康。

2019年10月7日巳时(重阳节)

七绝·

题照

天然水墨赏风湾,坐看州城蒙潆间。
黛雾平湖山色远,秋云江上觅悠闲。

2019年10月26日申时

七绝·

晚秋

山行眺远向霞城,淡笼斜晖次第迎。
隐隐寒烟霜色重,径林风语踏秋声。

2019年10月20日

七绝·

晚晴

霞落云天寄晚晴,秋高极目夕阳明。
径深闲步莲峰上,海色苍崖万壑平。

2020年9月9日

注:

莲峰:大连莲花山观景台峰顶。

七绝·
秋湖静晚

亭桥人语静听歌,
细雨微风起烟波。
山意晚晖横秋水,
影铺湖面色泽多。

2021年10月2日酉时

渔歌子·
明泽秋水

一池秋水浮禽鸭,
亭廊桥引雾如纱。
舟荡月,绕飞霞,
柳荫深处掩人家。

2021年10月2日酉时

七绝·
夕阳

浪漫夕阳媚景川,蔓延空际沐平烟。
暮云纵目青山在,竞秀晚晴绘锦巅。

2021年9月1日

注:

绘,会五彩绣也。——《说文》

七绝·
晚霞

夕霞浸染润红嫣,落日熔金天欲燃。
放眼瑞光静秋晚,几多入景忆华年。

2021年8月26日

七绝·

夕阳红

又见霞姿炫彩天，嫣红尽在静深间。
秋情流韵交辉处，极目长河落日圆。

2023年10月19日

七绝·

秋情

秋情着意眷层山，万木千峰驻碧斓。
流翠落红霜叶雨，故将醉眼透灼颜。

2021年11月21日辰时

七绝·

品秋

多般感慨品深秋，岁月轻舟万象流。
天地自然犹相伴，浪归匆促惬当收。

2021年11月20日申时

七绝·

秋境诗画

秋意传神展画卷,云杉飞鸟逐霜天。
悠情物景循声过,余照夕岚入翠烟。

2019年11月

格律说明:

【一先】

注释:

卷:双韵字。

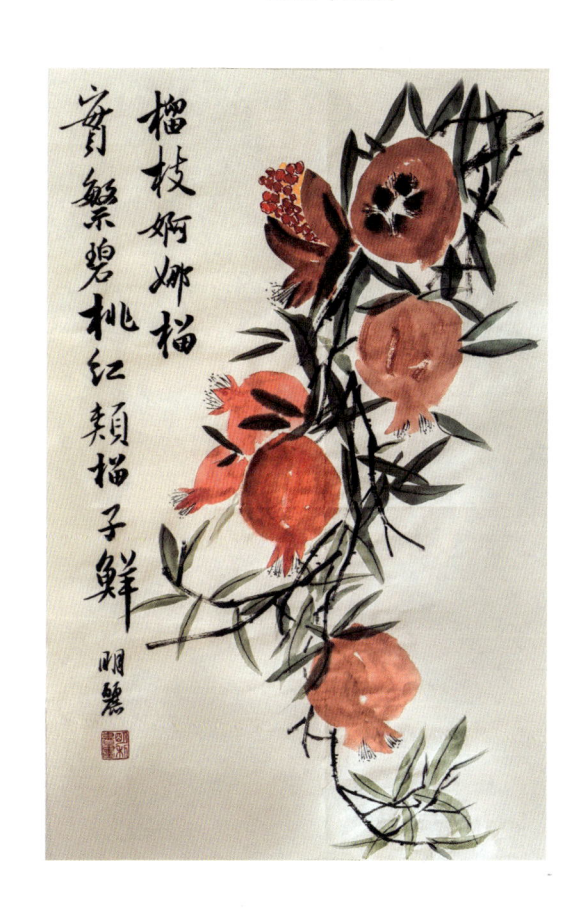

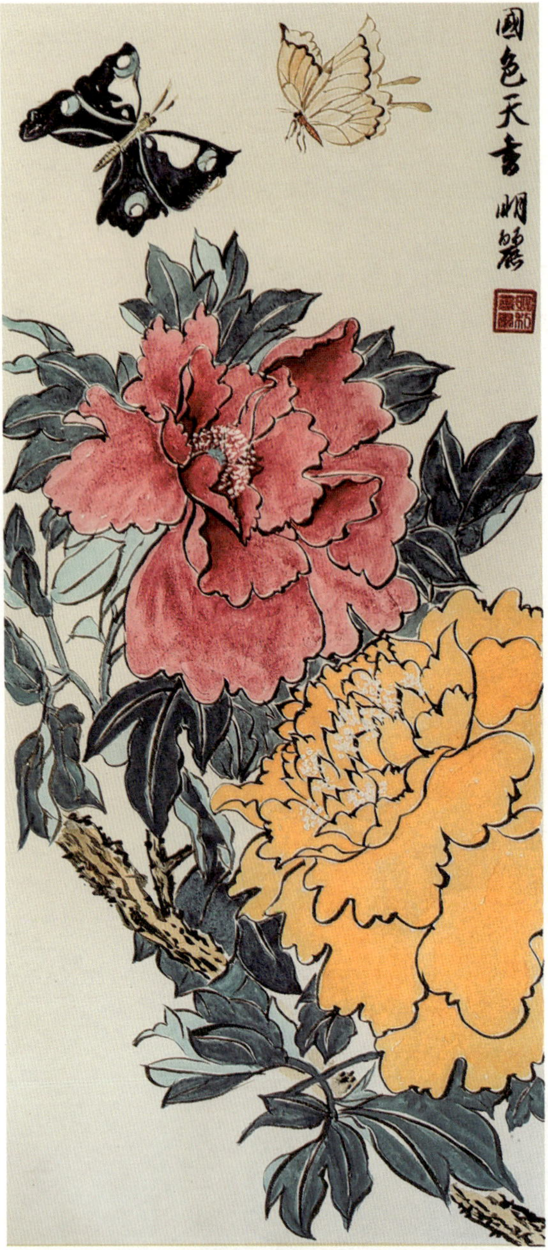
國色天香

第七章

冬的问候,听雪飘飞

渔歌子·

咏雪

瑞雪悄然渲夜空，静听天地畅然中。雕玉树，塑苍松，城皑素裹圣洁峰。

2011年12月

格律说明：

《渔歌子》（词牌名）正体，单调，二十七字，五句四平韵。

词韵第一部，平声：一东二冬通用。

一剪梅·

雪花

曼舞飞凌蝶玉飘，淡素空阶，庭霰流娇。拂窗挥洒见潇然，散落翩翩，灵动清翛。

晴晓冰葩洁玉雕，潋映心莲，虚朗空瑶。纤尘不染洗如明，天地光莹，雪净层霄。

2013年12月

格律说明：

《一剪梅》（词牌名）双调六十字。可以句句叶韵，也可仅叶六平韵，即上下片的第二、第四、第五句不叶韵。四字句用对仗。

《词韵》第八部平声：二萧三肴四豪。

菩萨蛮·

初雪

与冬执手迎飞雪,轻盈静谧含香冽。脉脉入情怀,绵绵花瀑开。

清寒心念起,飘逸空灵里。仰望耐人寻,相约合伫闻。

格律说明:

《菩萨蛮》(词牌名)双调四十四字,每两句一转韵,共四仄韵,四平韵。

2015年11月

减字木兰花·

听雪

冬的问候,穿越光阴时岁走。听雪飘飞,唤起真情多少回。

盈盈画意,绝色倾城抒新霁。素朴如诗,拂掠心灵必有知。

格律说明:

《减字木兰花》(词牌名)双调,四十四字,每两句一转韵,共四仄韵,四平韵。

2016年12月

七律·
雪花

素心清丽拂冰肌,妍状晶莹片片奇。
圣洁无瑕生意境,嫣然飘落动风姿。
淡妆一抹足惊世,百态凝华玉色驰。
庭寂迷离飞远近,凝神便醉静听时。

2019年11月8日

七律·
雪境

雪朗疏明视野深,倾城皓影尽苍垠。
林端青素出尘度,琼树冰枝不入痕。
寂静无声独留韵,冬情有意共春魂。
风清良夜云空净,月岁星华置念存。

2019年12月21日

七绝·
飞雪

似水流年飞雪来,
飘然轻落影徘徊。
风情万种留时瑞,
洁净清宁灭尘埃。

2018年12月30日午时

七绝·
雾凇

江堤负雪连诗意,
寒树霜林雾叠迷。
村舍渡头人寂寂,
皑皑白羽草蒲低。

2019年1月11日酉时

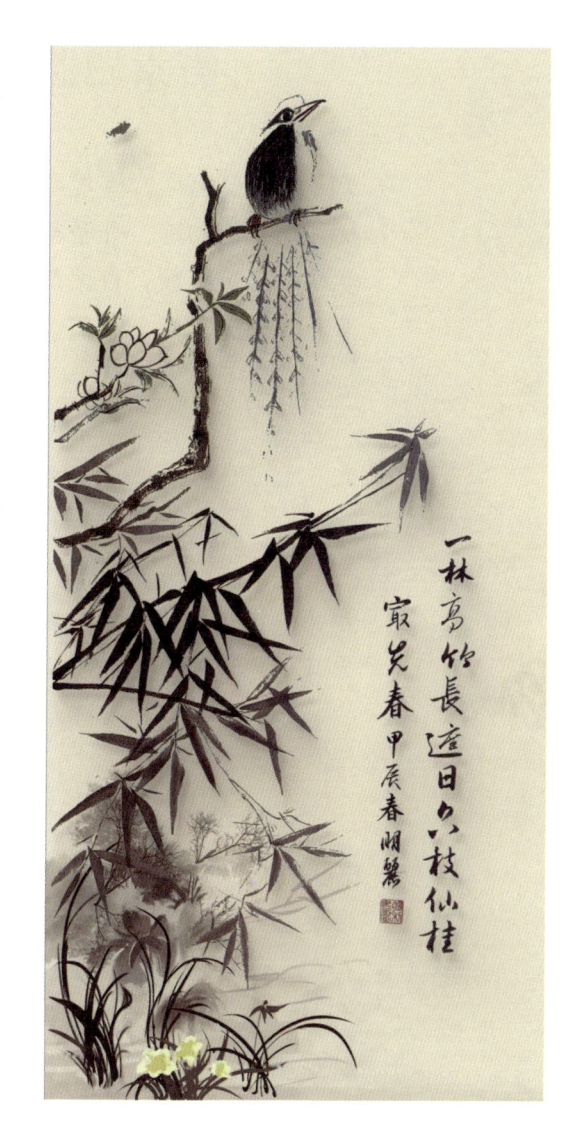

七律·
雪景题照

云开初霁晓霜天，雪境之幽素洁妍。
黛瓦浮冰池砌冻，丹亭凝玉拱桥寒。
婆娑风语疏枝颤，白絮清孤松凛然。
净润春来芳草绿，深藏静默向新年。

2019年1月1日

七言绝句

花开无语由来深，落落飘离几度寻。
岁月悠悠挥旧念，时光冉冉候佳音。

2014年3月

七绝·
初雪

飞絮蒙蒙绕石峦，丹林锦叶岁争寒。
滨城初雪今来早，冬韵秋情抚景看。

2021年11月8日立冬翌日

七绝·
远方飘雪

忽闻初雪浮疆城,但见蒙蒙黛色清。
莫道岁凉冬亦早,雁书千里景看澄。

2019年11月18日辰时

七绝·
大雪

玉叶琼花百草残,龙云影乱卷冰寒。
纵横扑浪惊行客,点素涂白皓翅宽。

2021年1月6日申时

七绝·
堆雪人

制球堆垒滚霜葩,雪趣童心染夕霞。
碎碎琼芳憨态变,艳容笑向万千家。

2019年1月19日

七绝·
题画又见炊烟

苍山飞雪暮冬蜷,雄雉朔风俏枝跶。
村野人家林隈处,柴扉灯火见炊烟。

2018年4月2日

第八章

寸草春晖,真情永恒

往而不可追者,年也;
去而不可见者,亲也。

清寒朝雨浥梨花
尋起春泥萬點瑕
即景感懷春意裊
都成往事蕩天涯

明鶯清明詩作幷書

七律·

心之寻

读诗飞泪久沉吟,灯下潸然念在心。
寸草春晖闻雨梦,秋情梧叶夜更深。
燕归流岁景常在,寻断鹤西空绕林。
寄望双亲恩泽重,人间天上可通音?

格律说明:

《诗韵》下平声【十二侵】。

2019年9月18日亥时

七律·

寄语深情

微风细雨雾霭低,萦绕心头触日悲。
别绪连牵倾泉涌,深情厚爱梦依随。
绵延历久知追远,刻骨铭心悟惜思。
逝者升华天地久,感怀生者当如斯。

格律说明:

诗韵上平声【四支】,首句用临韵。

2018年4月5日清明

七律·

清明雨

经年岁度已无踪,迤久别来噎寸衷。
淡绿春堤岑透远,星驰去日近长空。
杏花滴落清明雨,枝柳扶疏晓岸风。
飘散暮云初皓月,分明夜色又凝瞳。

格律说明：

　　《诗韵》上平声【一东】,首联出句用临韵【二冬】。

2021年4月1日卯时

七律·
怀念父亲

2016年7月31日，父亲"三七"发悼文。刘卫华先生赋诗文，感动，奉和诗怀念父亲。

恸离慈父之伤逝，懵恻哀伤泪泣垂。
教养恩情承久在，操劳关爱至终随。
雾茫云注风呜咽，天地长空雨奠悲。
清正人格传世远，鹏升万古映丰碑。

2016年7月31日

附：

卫华原诗文

老骥踏云去，放鹤归天宇。
惊鸿猎大风，霞红九万里！

为马老让行，为丽义弹泪！
我挽嫩水清波遥寄哀思！愿明丽节哀顺变保重身体！

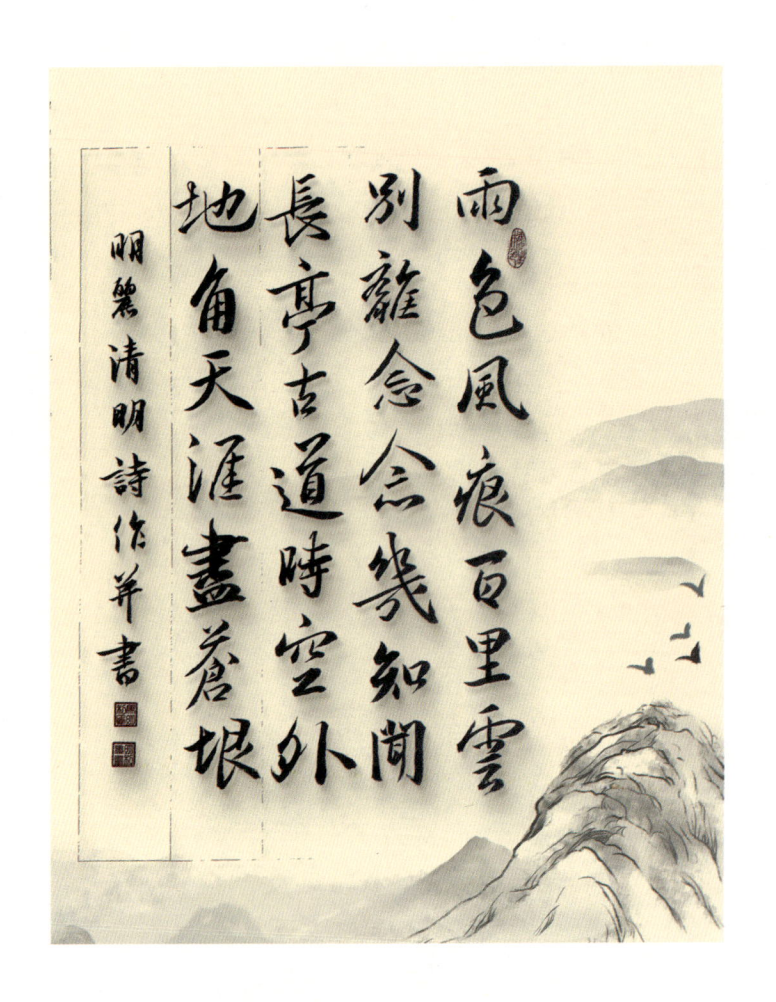

雨色風痕百里雲　別離念念幾知聞　長亭古道時空外　地角天涯盡蒼垠

明鸞清明詩作並書

七绝·
小提琴曲《我亲爱的父亲》

2016年7月31日父亲"三七",发帖小提琴曲《我亲爱的父亲》。

刘卫华先生赋诗文,感动。步其韵奉和诗。

如诉如歌曲抑扬,寻声觅念忆绵长。
鹏乘鹤去腾霄汉,浩气长存慰锦肠。

2016年7月31日

附:

卫华原诗文

荡气惊魂神曲殇,天地同悲两茫茫。
龙马圣迹留梦远,心香万里寄衷肠!

神曲敬仙翁贤也惠也孝也赞也

国香·

母亲

仍忆儿时。婀娜伴身影，丰韵仪仪。涓涓溪流播撒，温润濡滋。期望拳拳心语，奉一生、大爱依依。谆谆有深意，宛似和风，寸草春晖。

求学他乡日，漂泊羁旅路，牵挂跟随。恙伤不适，不尽关照精微。拥抱感恩慈母，暖萦怀、岁岁长思。时空轮回处，母爱无疆，难舍相偎。

2012年7月

格律说明：

《国香》（词牌名），正体，双调九十九字，前段十句五平韵，后段十句四平韵。以张炎《国香·赋兰》为代表。

词韵第三部，平声：四支五微八齐十灰（半）通用。

苏幕遮·

清明

　　这是爸爸离开我们的第一个清明节,清明的风,清明的雨,始终在心中飘洒,那是绵绵不绝的思念之情。爸爸妈妈,我永久的思念。

雨潇潇,滴夜昼。泪洗清明,物是人难候。
丝柳绵绵风吹骤。目断别离,呼唤声依旧。

草青萋,花展秀。大地春回,怀想凝心透。
浩瀚时空祈愿佑。易逝年华,梦望思恒久。

2017年4月4日清明

格律说明:

　　《苏幕遮》(词牌名)双调,六十二字,上下片各四仄韵。词韵第十二部,仄声:上声二十五有去声二十六宥通用。

七绝·

清明

清寒朝雨落梨花,寻起春泥万点瑕。
即景感怀春意处,都成往事荡天涯。

2021年3月31日申时

格律说明:

　　《诗韵》二、下平声【六麻】。

七绝·
清明雨（一）

杨柳依依寻燕低，
风轻云落几声啼。
愁思相忆清明雨，
又见芳郊草萋萋。

2021年3月31日卯时

七绝·
清明

雨色风痕百里云，
别离念念几知闻。
长亭古道时空外，
地角天涯尽苍垠。

2021年3月30日辰时

展枝丝柳万条倾
难表思亲眷念情
祭奠举樽凝咽语
清明寄意诉心声

明懿清明诗作并书

七绝·

清明雨（二）

柳风吹面清明雨，倾洒绵绵别念情。
拂去尘埃连触绪。凝神低诉影无声。

2021年3月27日

格律说明：

　　《诗韵》二、下平声【八庚】。

七绝·

诉心声

展枝丝柳万条倾，难表思亲轸念情。
祭拜举樽凝咽语，清明寄意诉心声。

2021年4月3日申时

格律说明：

　　《诗韵》二、下平声【八庚】。咽：入声【九屑】

七绝·

大雁

天远声声雁影微，梦回芳草念初飞。
弦音琴曲数行泪，望尽乡愁不见归。

2021年4月6日辰时

格律说明：

　　《诗韵》一、上平声【五微】。

七绝·
春雨

春雨心田芳润开，
承云清露踏香来。
春晖寸草道不尽，
万点花飞总入怀。

2021年4月8日辰时

格律说明：

《诗韵》一、上平声【十灰】，末句"怀"用临韵【九佳】不改。

七绝·
长相忆

梨落花红柳色柔，
丝丝烟缕织成愁。
绵绵不绝长相忆，
父母声容在心头。

2021年4月9日酉时

格律说明：

《诗韵》二、下平声【十一尤】

醉花阴·

槐花飘香

浓郁清甜香雪坠,芳沁袭人醉。绿簇透晶莹,摇曳泠泠、玉树苹风穗。

洋洋洒洒花飞翠,灿若流云萃。几度品槐鲜,滑落心间、唯有常回味。

2017年5月

格律说明：

《醉花阴》(词牌名),双调,五十二字,上下片各三仄韵。

词韵第三部,仄声：上声四纸五尾八荠十贿(半),去声四寘五未八霁九泰(半)十一队(半)通用。

注：

又见槐花开,飘香的思绪中,浮现的是妈妈忙碌的身影,花香四溢的熟悉味道,还有这粒粒槐花苞带给我的无尽思念。

七绝·
小年夜

家人围坐暖香盈,
灯火可亲美味羹。
岁暮天寒方入夜,
相依藉此慰中情。

2022年1月18日申时

减字木兰花·
元宵

清辉向晚,
正是元宵新月满。
映照欢情,
星点云心更启明。

紫烟瑞雾,
好景良辰归何处。
火树银花,
无尽灯红入万家。

2021年2月22日

鹧鸪天·

元宵

华彩良宵人月圆,银辉星雨映花嫣。
灯谜纤巧文辞隐,焰舞笙歌赓续延。

闻笑语,共无眠,紫烟瑞气若陶然。
沸汤香糯浮瑶盏,叠影兰馨透碧檐。

格律说明:

　　词韵,第七部,平声十三元(半)十四寒……通用。

2022年2月12日酉时

注:

　　兰馨,每年正月家里的兰花盛开,楼上楼下香气怡人。

七绝·

上元晓月

元宵晓月曙天低,满目澄莹对琉璃。
寂静庭阶银色染,明心霞日抚春霓。

2021年2月27日(正月十六)卯时

七言古风·

腊八节

腊八前夕,引用清人沈复"闲时与你立黄昏,灶前笑问粥可温"其句作七言古风一首。

愿有人陪立黄昏,围炉笑问粥可温。
岁常久伴朝暮共,足以相依慰风尘。

2020年1月1日

格律说明:

《诗韵》上平声【十三元】,"尘"用临韵【十一真】。

七绝·

腊八粥

谷粟饧粥缀果香,细浮纷聚米花糖。
共尝佳品同啖啜,肴馔羹饘馈娱肠。

2019年1月13日午时

姐夫，收到并拜读《满庭芳·春节》词作，步其韵奉和词，尚祈指正。恭祝新春吉祥，阖家美满！

满庭芳·春节

飞雪迎春，红梅竞瑞，同庆和美佳期。盛丰年景，国泰赞福熹。迎送吉羊猴趣，节更替、往复华时。互通候，平安如意，康寿顺祥祈。

烟花燃璀璨，千家万户，守岁相依。不夜满灯彩，运旺腾飞。共聚团圆盛宴，生活甜蜜笑颜随。亲朋拜，真诚祝愿，畅叙贺除夕。

2016年春节

附：姐夫（王行恒）原词《满庭芳·春节》

明丽，春节将至，谨祝新春快乐，阖家幸福！

满庭芳·春节

白雪丰年，红梅吐蕊，普天同庆佳期。春风何处？绿意展疏枝。迎送羊鲜猴趣，生肖转、亥子交时。情依旧，门神仍在，秦琼伴尉迟。

心驰。归家路，年年游子，岁岁何之？赶如潮春运，总为乡思。团圆吉祥家宴，窗花剪，门对新词。更追远，千秋流脉，祈福祭神祇。

七律·
新年好

迎新辞旧共嘉年，感慨良多惜福缘。
岁岁常安时日好，人人舒泰自悠然。
举杯奉赠宽心酒，挥笔留诗遣兴筵。
鹤语莺歌知所愿，期颐笑看寿成仙。

2022年1月1日

七律·
春节

壬寅贺雪向丰年，虎跃升腾不夜天。
岁月足音歌盛世，光阴绘色乐华筵。
家和兴旺财源广，人瑞致祥福寿全。
喜爆烛红亲朋拜，律回春渐始新篇。

2022年1月26日晨

沁园春·
绅绅五岁

稚趣纯真，清澈盈眸，柔嫩姣嫣。是清风皓月，春之明艳；飞奔乖巧闪现轻妍。似水清泠，如花烂漫，犹若小荷婷立间。声甜美，日日闻歌笑，快乐欢颜。

时时起舞翩翩，绘画练琴声情悄然。更俏皮淘气，活泼灵动；好奇伶俐，率性憨顽。认字读诗，涂鸦算数，变幻着多彩乐园。无忧虑，感知新意在，愉悦童年。

2015年6月

注释：

绅绅是我的孙女。

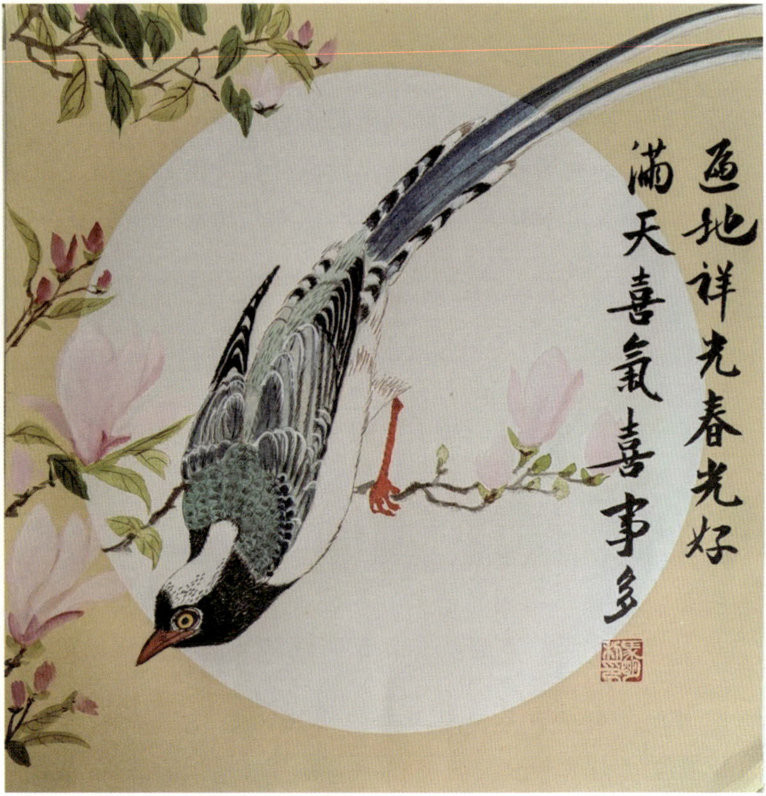
遍地祥光春光好
滿天喜氣喜事多

七绝·

舞蹈《晨光曲》

拂柳清风佚貌生,烟霞轻拢丽姿盈。
容眸流盼桃腮笑,舞势惊鸿曲韵声。

2022年1月19日

注:

孙女演出"多彩中国,梦想起航",2022辽视少儿春节联欢晚会舞蹈《晨光曲》。

渔歌子·

舞韵晨光

玉立轻盈翩若仙,从风映日共影弦。
秀色真,态嫣然,袅娜清素顾娟娟。

2022年1月20日辰时

立春

羊年吉兆新春日，长寿花开恰逢时，
福满彬彧祥和聚，佳兴鸿运汇应期。

2015年立春

七绝·
饺子和诗

含而不露锦藏心，玉体玲珑众爱身。
飨馈流传千载后，当仁美誉作歌吟。

2019年1月17日

七绝·
夕影炊香

微阳夕影染檐梧，掩映余晖顾丰厨。
袅袅炊香盘飧味，一窗明暗落霞图

2021年11月27日酉时

七绝·新年

长空万象迎嘉瑞，日月华章创新元。
岁礼温良皆欢喜，所求所愿善因存。

2023年元旦未时

七绝·立春

寒馀暖律待春融，清气始发百事隆。
题向花笺呈岁稔，递更生意比年丰。

2021年2月3日辰时

七绝·小年

春乐序章过小年，敬神祈愿灶当先。
除陈清垢辞旧岁，好运连绵每一天。

2021年2月4日（腊月二十三）

七绝·立春

凛冬散尽待春融,
润物苏萌醒葱茏。
草染柳霏拂煦处,
于庭广步尽东风。

2022年2月4日（立春）

七绝·春好

同和兴盛财源广,
所愿皆成吉禄全。
龙举升腾行大运,
甲辰春好有新篇。

2024年2月10日

（正月初一）

七绝·
立春大吉

立春大吉万象新,向暖而生步芳辰。
龙翥祥云行好运,所期所盼皆成真。

2024年2月4日(立春)

七绝·
中秋节

中秋皓月饼羹香,共话团圆祝吉康。
空碧飞莹星光外,清辉更待映八方。

2022年9月10日戌时(中秋)

七绝·
中秋

月至中秋分外明,良宵美景朗风清。
盈虚消长挚心念,晓向云间日月行。

2023年中秋

七绝·

端午节

采艾晨明沐清香,
粽含甜美品端阳。
一声问候平安语,
接续相约祈福康。

2019年6月7日午时

卜算子·

老大爷

晨起巷喧嚣，夕落街灯静。却见叟童人往来，何故相随行？

奶站辨真情，顾盼留身影。逐日匆匆意可钦，感动和尊敬。

1999年10月17日重阳节

格律说明：

《卜算子》（词牌名），正体，双调四十四字，上下片各两仄韵。

《词韵》第十一部仄声韵，上声二十三梗二十四迥，去声二十四敬二十五径通用。"行"双韵字。

注：

很多年来，每到重阳节我总会想到一位老大爷。

五岁那年父母病了，我每天早晨或傍晚要去离家较远的奶站打奶。这期间，有位老大爷总是在我去往奶站的途中，默默地护送我往返。每天早晨老大爷坐在我家门口对面小花园的石凳上，他看见我出来后，就跟在我后面，慢慢地往奶站走。如果我早晨没有去打奶，他傍晚就会坐在那里等着，而姥姥及父母都浑然不知。

直到有一天姥姥领着我出门时遇见了这位老大爷，他才把实情告诉了姥姥，我现在还记得他当时一边用拐杖用力地反复敲打着地面，一边对姥姥说："你们家大人可真放心呀，让这么小的孩子去那么远打奶……"后来，姥姥经常和我念叨起这位好心的老大爷，多少年来我也会时常想起这段感人的往事。

散文随笔·真情永恒

父亲，
我无尽的怀念

　　2016年7月11日，爸爸永远离开了我们。任何语言文字都无法表达儿女对爸爸这种长久的哀思、深深的怀念之情。老人家以其非凡的气度，平静、安详地走完了他人生的最后一程，那是他面对疾病来临，战胜病痛侵袭所表现出来的坚强和坦然，让病房医生、护士都由衷惊奇赞叹的生命耐力和定力的展现与诠释。如同亲爱的爸爸今生从容、坦荡走过他九十个岁月年华那样，他的可贵精神、清正

父亲马鹏武，乃祖公马清波之三子，祖籍黑龙江省齐齐哈尔市。1926年农历九月十一日生于黑龙江亚渤海，2016年农历六月初八（2016年7月11日）病卒于辽宁大连，享年九十岁。幼聪，就读省立师范学校。曾任省城学生联合会主席，起草并组建省城共青团。带领省城大批青年学生参军，参加了解放战争中的辽沈战役、平津战役并立功受奖。

品格，博大胸怀和顽强毅力让儿女们由衷地敬佩仰慕。
　　爸爸出身于农民家庭，经受亡国苦难生活，在求学的过程中克服重重困难，自强不息，勤工俭学。从一个爱国青年走向革命成为军人、共产党员。他早在学生时代初期就参加了爱国学生的抗日宣传活动。后来在当时黑龙江省共青团组织的领导下，他以齐齐哈尔学生联合会主席的身份组建了共青团齐齐哈尔市团组织。之后他又带头宣传，号召进步学生参军，带领一大批优秀青年奔赴战场，加入解放祖国的战斗行列。爸爸参加过解放战争三大战役的辽沈战役和平津战役并立功受奖。爸爸的人生是求索与奋斗的人生，是我们晚辈学习的榜样。

爸爸学识渊博，爱好广泛，擅长书法，通晓历史。青年时期爱好体育、文艺。他的书法作品被多次刊登在书刊上，学生时期，他曾获得短跑冠军。我们小时候经常听爸爸为我们弹琴、唱歌。战争年代，他曾是第四野战军后勤报社通讯员，写前方战场的战地报道，

为部队编写剧本。他博览群书，书是他最好的良师益友，阅读的书籍有"四书五经"、中国史、世界近代史；哲学、文学、宗教等书籍。他常说开卷有益，书能开阔视野、丰富知识、增长才干，提高思想文化修养。

童年的记忆里，爸爸英俊潇洒，和蔼可亲，勤劳简朴，样样精通。

小时候我家有个大大的椭圆形洗衣盆，每到周日早晨，爸爸就会用这个大洗衣盆洗全家人的衣服，爸爸洗衣服又快又干净，满满一大盆衣服经爸爸的手很快就能洗完，每当洗完衣服，爸爸总会拿起一件洗干净的衣服，得意地笑着对我们说："看看，洗得像透亮杯儿。"

小时候总觉得爸爸什么都会、是能力最大的人，没有他不会做的事情。我们学习、吃饭用的大小桌凳，睡觉用的大床、小床都是爸爸自己制作的，上面没有油漆，但是桌面用刨子刨得很光滑，有时候，看到爸爸在刨木板时非常用力，满头满脸都是汗水，衣服也湿透了，他仍然兴致勃勃不停地干活，当一件东西做好，他就高兴地反复端详，把我们都叫来观赏。

爸爸手巧，春天，爸爸为我们做各种各样的风筝，夏天，爸爸用野外的花草枝条编出漂亮的草帽、小篮子、小筐子，装蝈蝈的小笼子。秋天，爸爸在捡拾的红叶上写诗题字，漂亮的字体映衬着片片彩叶夹在书里让人爱不释手，是我最喜欢的书签。冬天，爸爸堆的雪人会使围拢来的小孩子们天黑了也不肯回家。

爸爸很重视对我们的教育，选择了当年最好的劳动公园小学（当时学校名称：大连二十四中附小），在那个夏秋之交的早晨，爸爸牵着我的手，把我送进了这所美丽的花园小学。每到新学期开学同学们都会羡慕爸爸为我新课本包的书皮，爸爸包的书皮既独特美观又结实耐用，书皮四角是重叠的双层（双眼皮），书本开合时书皮没有空隙，不会脱落，一个学期结束，包过书皮的书本仍然坚固像新书一样。

爸爸的衣兜里总揣着一个大大的方形手绢，每到傍晚我就会跑到门口等爸爸下班回家，爸爸就哈哈笑着把鼓鼓囊囊像小包袱一样的大手绢包举高，让我猜猜里面装的是草莓、樱桃，还是沙果。

包饺子是爸爸的绝活，爸爸包出的饺子玲珑漂亮、光滑、圆润，那形状简直是恰到好处。他擀饺子皮飞快，瞬间就会擀出一堆饺子皮，因为喜欢看爸爸包饺子，9岁时我就学会了包饺子，虽然远不如爸爸包的饺子，但很多年来无论我走到哪里，只要有人见到我包的饺子，都会情不自禁地说："这饺子包得真漂亮！"我也总会补充一句："跟我爸爸学的、和他的手艺相差甚远呢。"爸爸包的饺子是我见过最漂亮的饺子。

有一天爸爸突然病了，是姥姥发现爸爸昏倒在门外，被送到医院住了一段时间，爸爸出院后又去了外地疗养，这期间很想念爸爸，希望他早点回来，像过去一样晚饭后带着我去劳动公园露天剧场看电影，跟着爸爸去街上的书店买书，看他在新买的书页上题字。爸爸写得一手好字，他书桌上那本《大唐三藏圣教序》经常会吸引我的目光，喜欢一遍遍仔细欣赏那些我当年还不太认识的字，爸爸告诉我王羲之的字无人能比，也许受爸爸的影响熏陶，我从小就酷爱王羲之的书法，对王羲之的行书、楷书总是百看不厌。

爸爸无论身处何种逆境，总是以饱满的热情和乐观的精神状态对待现实。《红梅赞》是爸爸生前最喜欢的歌曲之一，那年冬天，爸爸经历了在那个特定历史时期的特殊事件，他晚上回到家里，经常满含深情地唱这首《红梅赞》："红岩上红梅开，千里冰霜脚下踩，三九严寒何所惧，一片丹心向阳开，向阳开。红梅花儿开，朵朵放光彩，昂首怒放花万朵，香飘云天外，唤醒百花齐开放，高歌欢庆新春来，新春来。"

爸爸唱歌字正腔圆、音域宽广，我喜欢听爸爸唱歌，更喜欢其中鼓舞人心的歌词，总会在他身边专心地聆听，鼓掌。爸爸喜欢笑，见到我鼓掌他就会哈哈大笑，接着还会给我们讲笑话，引得我们笑个不停。后来我逐渐明白，爸爸唱歌、讲笑话是为了用他特有的方式表达出父亲对我们的关心和爱护。

20世纪70年代我们全家从大连下乡到黑龙江齐齐哈尔东四家子屯，见到家乡父老乡亲仍然过着贫穷日子，爸爸心里非常难过。他渴望乡亲们走出贫困境地，于是他在日夜繁忙的工作中出谋划策，带领家乡人民改变落后面貌，得到当地乡亲们的好评。

70年代后期爸爸恢复工作后上班的地方很远，每天都要风雪无阻地骑两个多小时自行车上下班，晚间下班回到家里，他的棉衣都被汗水湿透，姥姥每天晚上都要在火炉边把爸爸湿透的棉衣烤干……就这样日复一日，爸爸从没有怨言，每天都以充沛的精力投入繁忙的工作

中，常乐观地说，和战争年代相比这点苦不算什么。

爸爸公正廉洁，秉公办事，求真务实，为人排忧解难。爸爸的品格感动过很多人，得到广大群众的认可、拥护。他大胆选贤任能，重用青年知识分子，贯彻尊重劳动、尊重知识、尊重人才、尊重创造，干部年轻化、知识化、专业化的精神，他说，这是党和国家未来的希望。

学广而闻多，不求闻于人。他对党的事业忠心耿耿，任劳任怨，从军队到地方，从不计较个人得失，显现出一位老党员的忠诚赤胆与超脱世俗的精神风貌。离休后始终严格要求自己，维护党的权威。他一直认真学习，深入思考，相信理论必须在实践中创新，与时俱进，只有继续保持立党为公、执政为民的理念，才能始终像战争年代那样团结一致，有战斗力、凝聚力。使中国人民走向繁荣富强。

2000年，他在参加战友聚会时，不幸遭遇车祸，左腿粉碎性骨折，卧床一年多。他的坚强意志战胜了腿部伤痛，以乐观的精神和毅力又站起来了，扔掉拐杖，迈开大步，健步如初，让所有人都为之惊叹。

他热爱生活，胸怀坦荡、宽容大度、正直朴实。在他年近九十岁高龄的时候，仍然保持着清醒的头脑、敏捷的思维及充沛的精力和健康的体魄。

晚年的爸爸每天都读书看报，生活很有规律，按时作息，坚持常年散步。每天散步回家时到市场买菜。父亲喜爱练习书法，每天必看中央和省市电视新闻，听到重要的新闻就随手记在本上。年纪虽然大了，还亲自做些家务活，如擦玻璃、洗衣服，从不用别人干。生活上勤俭朴素，不浪费一粒粮食，这是从战争年代就养成的良好习惯。爸爸晚年生活幸福，身体健康，是他性情修养和乐观心态的真实体现。

爸爸始终与时俱进，感受新的时代，享受新的生活，在他年近八十岁、年近九十岁高龄的时候，先后出版了两本诗集，老人家用他一生中积淀的情感，以诗歌的方式表达对祖国和人民无限的热爱之情，不断书写、展现着一位智慧老人特有的人生情怀。

昨日的音容笑貌，过往的点点滴滴，均镌刻为心底恒久的怀念和丰碑！敬爱的爸爸虽去犹在，您永远是我们儿女学习的典范和榜样！

2016年7月

2015年10月26日，农历九月十一，爸爸九十寿宴。

2013年5月12日陪同爸爸在大连滨海路，2013年9月19日陪同爸爸在大连东港。

妈妈的温暖怀抱

母亲谢淑芬，乃外公谢富常长女，祖籍天津宝坻。1929年农历六月初一生于天津宝坻，2012年农历五月三十日（公历2012年7月18日）卒于辽宁大连，享年83岁。幼聪，就读天津宝坻私塾学校，成绩优秀，跳级三年提前毕业。报名参军，参加过解放战争的辽沈战役、平津战役。

2012年7月18日早晨，亲爱的妈妈永远离开了我们。那么突然和悲伤，那么不舍和依恋，我不相信这是真的，茫然不知所措中，总觉得她一会儿就会醒来，微笑注视着我，叫着我的名字，回答着我的问话，总觉得妈妈永远都会在门口深情张望着，等待着我的归来。

妈妈是军人，当年她在华北野战军，父亲在东北野战军，平津战役时华野四野在天津会和，父母在那时相识，后来走到了一起。

听姥姥讲，妈妈很小的时候就聪明伶俐，无论什么一学就会，上学后因为学习成绩特别好，从低年级到高年级连跳三年。妈妈十二三岁时绣花和剪窗花（剪纸）就在村里远近闻名了，那时候谁家要结婚办喜事就找妈

妈为他们绣枕头、被面和各种饰品，每当逢年过节各家各户都来找妈妈为他们剪窗花。妈妈剪窗花不用笔画，把彩色纸折叠后直接剪，一会儿工夫就会剪出各种飞禽、花卉等窗花活灵活现、精致漂亮，我还保存着妈妈为我们剪出的公鸡、凤凰、牡丹等漂亮的剪纸，很可惜我们姐妹谁也没有把妈妈的手艺传承下去，感觉很对不起妈妈。

　　妈妈16岁参军，战争年代她在野战军前线文工团做战地宣传演出，战场上她和战友们冒着枪林弹雨救护、运送伤员，跟随大部队行军作战、爬冰卧雪，战斗结束就为战士们慰问演出，鼓舞士气。妈妈是当年华野文工团领唱，他们演出的大合唱《黄水谣》是最受战士欢迎的节目之一，很小的时候，妈妈就教会了我唱这首歌。

　　母亲廉洁正派，热心善良，她的清正品格始终都在影响着我们，成为我今生做人的标准。

妈妈虽然早已转业到地方工作，但她的那种对工作认真负责态度，吃苦耐劳的顽强精神却始终没有改变。妈妈在部队落下很多疾病，身体一直不好却从未因此影响工作，她克服种种病痛坚持工作很让人敬佩。从我记事开始妈妈就把所有精力都用在工作上，很少在家陪伴我们。在我很小的时候，妈妈脚被烫伤走路吃力，晚饭后我做她的拐棍，一点一点艰难地走到办公室加班到深夜。

　　小时候总盼望着生病，每当我生病时妈妈才会回家陪在我身边，我喜欢依偎在妈妈怀里的感觉，总希望就这样病下去不离开妈妈而坚决拒绝吃药、打针。多少年来的岁月中，每当我身体不适或是遇到了困难，妈妈总会出现在我面前，亲爱的妈妈始终是病中陪伴我的那个人。妈妈懂医学、讲卫生，培养了我们良好的生活习惯，从很小的时候我们就知道讲卫生、预防疾病的道理，从公共场所回家后的第一件事就是洗手和漱口，晚上休息前必须洗漱干净之后再上床，不允许我们在床上看书、吃糖，等等，所以我们很少生病，拥有了良好的视力和健康的牙齿。

妈妈的爱如涓涓细流般绵远悠长，她的可亲可敬是在了无痕迹中潜移默化，使我在领悟中成长升华而体会她特有的母爱。母亲管教子女非常严厉，从不娇惯溺爱孩子，也正是因为父母的正确引导和严格教育，我们姐弟几个从未依靠过父母，都是通过自己的努力，各自创造出一片天地。

记忆里妈妈虽然不常绣花，但她做针线活的功夫非常了得，飞针走线出小而整齐的针码儿比缝纫机的还要密实精致。小时候妈妈每年都为我们姐妹剪裁出各种花色布料，缝制漂亮的新棉衣棉裤。我上大学那年，妈妈做的那件藕粉花色棉衣我非常喜爱，宿舍的同学们见了都夸赞我穿这件棉袄真好看，多年后我一直保存着没舍得扔掉。有一次我和妹妹回忆妈妈时，都不约而同地说到妈妈为我们缝制的那件藕粉花色棉衣，才知道她也一直保存着妈妈做的那件棉衣。

妈妈织出的毛衣、毛裤也很时尚美观，小时候我有件妈妈织的枣红色毛衣外套，上面有凸起的花纹，还有带花边的领子和衣兜，扣子也是用毛线编织成的花朵形状，穿着这件毛衣外套邻居们都赞不绝口，几年后妈妈拆洗这件毛衣时我很是恋恋不舍。

妈妈还经常利用旧物改制成漂亮实用的东西。从黑龙江回大连后，我有些厚围巾等物品都不用了，妈妈就把它改制成儿子可以穿的坎肩，外衣及大衣什么的，儿子长大后，这些经妈妈改制、看起来仍然小巧精致的衣物我没舍得扔，留作纪念，儿媳看到后很喜欢，拿去给孙女穿了好几年，之后听我亲家说又被其他有小孩子的人家要去了。

　　妈妈晚年的生活充满情趣，渗透着对子女们的爱。每到槐花盛开的时候，爸爸妈妈就会到山上采摘回一袋袋鲜香、洁白的槐花。妈妈早早地打电话，告诉我们全家人周日回去吃槐花包子、槐花饺子。妈妈总是把余下的饺子用筷子一只只夹起，仔细认真地装进饭盒或钵子里并提醒我们回去时带走。妈妈也习惯把一部分槐花冷冻在冰箱里，待花期过后很久仍能品尝到她精心烹饪的槐花美食。如今的岁月中，每当见到槐花盛开，就会在飘香的思绪中，浮现出妈妈忙碌的身影，花香四溢的熟悉味道，还有这片片槐花带给我的无尽思念。到了秋天，妈妈爸爸还会到山上采摘回很多野花椒晒好后送给我们，我很喜欢野花椒的清香味道，无论炒菜、炖鱼、炖肉都有着不同的味道和情趣，那是爸爸妈妈留下的、让我回味无穷的美好记忆。

　　亲爱的妈妈，您的音容笑貌一直都在，您的温暖怀抱一直都在，您的关爱守望一直都在。感恩妈妈，您的爱像一束永不凋零的花，在我们心里时时绽放着生命之光。

2012年7月

妈妈79寿宴合影2007.7.14.农历六月初一

妈妈79寿宴留影 07.7.14.农历六月初一

妈妈79寿宴合影2007.7.14.农历六月初一

2007年7月14日，农历六月初一，妈妈79岁寿宴合影。

2001年至2010年期间,爸爸妈妈和我们在一起的合影。

思念，我亲爱的姥姥

姥姥马玉华，世居天津宝坻，1909年农历十一月十二日生于天津宝坻，1995年正月初四卒于天津宝坻，享年87岁。党员、妇女主任，解放战争时期家里曾用作解放军伤病员后方疗养医疗场所，为国家做出过贡献。

1995年正月初四，亲爱的姥姥永远地离开了我们，从这天起姥姥成为我心中如影随形的思念。慈祥的、善良的、操劳忙碌的姥姥始终温润在我心中。

我在天津姥姥家出生，由于妈妈工作忙，所以从出生那天起就是由姥姥来照看，一周岁时我跟随姥姥回到原沈阳军区大院里的父母家。听妈妈说姥姥回天津后，由于我想念姥姥而病得很重，只要看到楼下有老人的身影，就不停地喊叫，白天晚上都哭闹不止，几乎不吃东西，这样，姥姥又从天津回到了沈阳。

姥姥是位老党员，在战争年代她曾经是当地的妇女主任，组织担架队抢救、护运解放军伤员，当年姥姥家曾用来作为解放军伤病员的后方疗养场所，姥姥精心照护在她家里伤病员们的事迹曾留下佳话。小时候妈妈告诉我说，我姥姥和《沙家浜》中的沙奶奶一样，所有在姥姥家住过的伤员都非常感谢、尊重她，亲切地称呼她为"妈妈"。姥姥26岁那年，当年29岁的姥爷就被日本侵略者以"私通共党"为由杀害，姥姥带着当时幼小的妈妈和舅舅，躲避日本人抄家、抓人等危难险境，含辛茹苦，独自勇敢坚强地生活，把妈妈、舅舅抚养成人，并且毅然同意年仅16岁的妈妈报名当兵参加革命。

姥姥为人真诚善良，待人亲切热情，无论住在哪里，她和周围的街坊邻居都亲密和谐，相处得宛如一家人，每当搬家离开一地，各家的叔叔阿姨、大伯大婶、大娘大爷们就成群结队地含泪相送，之后的很多年仍联系不断，大家都钦佩她老人家的为人，感谢她老人家的热心。

姥姥经常对我们说，远亲不如近邻，在当年那个贫困年代，只要家里包饺子、炖肉等改善生活时，姥姥总会盛上一碗让我给邻居送去，姥姥的良好家风教育使我受益匪浅，多年来无论住在哪里我和邻居的关系都非常和谐融洽。儿子六七岁准备上学那年，我家住在沙河口区集贤街，离学校很近只有几百米，但距离我当时上班的单位很远，隔壁已经退休的大婶大叔主动和我商量，儿子放学后午饭到他们家里吃，这意想不到的惊喜让我非常震惊，由衷地体会到"远亲不如近邻"的深刻含义。就这样儿子小学的几年中，每天中午都去邻居家吃饭，下午放学后到邻居家写作业。热情开朗的大婶、细心体贴的大叔像对待自己亲孙子一样悉心照看儿子，在儿子放学离开学校至我下班这期间，大叔、大婶一步也不离开，就连儿子拿着他脖子上系的钥匙开门回家，大叔都要跟在后面看着，直到儿子从家出来把门锁上，和大叔一起回去为止。大叔还经常为儿子辅导作业，抄写卷子，大叔字体清秀，文学功底深厚，每每让我敬佩并感动不已。感谢大叔大婶的深情厚谊，感谢让我遇到了大叔大婶这样的好邻居。

（1988年8月25日，姥姥，爸爸，妈妈，我和儿子，弟弟在大连滨海路北大桥合影。）

姥姥知识丰富，是我的启蒙老师、儿时知识的来源。喜欢听她讲也讲不完的动人故事，喜欢听她唱一首接一首好听的歌曲，喜欢听她说层出不穷的成语典故，她的谆谆教导，让我逐渐明白了很多做人的道理。

姥姥经常在故事中告诉我们人生的根本，在一首歌曲中让人分清善恶美丑。喜欢用成语典故、警句、诗句来启发、教育我们。不听话时，姥姥会说，"井淘三遍吃好水，人受教导武艺高"。告诉我们"良言一句三冬暖，恶语伤人六月寒""争者不够，让者有余""人过留名，雁过留声""君子之交淡如水，小人之交甜如蜜"，让我们懂得怎样与人交往，尊重他人，为人处世的道理。姥姥常说"早起三光，晚起三慌"。"清晨即起，洒扫庭除"，姥姥的言传身教、循循善诱使我养成了勤劳、健康规律的生活习惯。姥姥教会我们很多成语典故、人生哲理至今让我回味无穷并受益终身。

那年爸爸病后不久，妈妈也相继病了，这使原本就忙碌操劳的姥姥更加劳累，她一人承担起全家七口人的全部劳动。那个年代的家务，除买菜、做饭、洗衣、打扫卫生之外，还要买煤、买粮食、买木柈子、劈柴、脱煤坯，等等。每天姥姥有干不完的活，家里所有事情都等待着姥姥去做。早晨睁开眼睛看到的是姥姥生炉子做饭忙碌的身影，晚上我们睡觉了，姥姥仍然在忙着给爸爸妈妈熬中药直到深夜。白天没见到姥姥什么时候坐下来休息过，夜里没见到姥姥什么时候睡觉，我想姥姥经常一夜都不睡觉吧。姥姥对我们的关怀爱护无微不至，冬天的早晨，在我们起床前，姥姥早已把炉子烧暖，把衣服烤得热乎乎地让我们穿上，晚上姥姥总是在炉子熄灭前让我们上床，帮我们把被子盖严实，姥姥每时每刻都在无微不至地关心照顾其他人，唯独不想着自己。姥姥那粗糙的双手布满了干裂的口子，有一天姥姥切菜时

(1987年夏天，姥姥，爸爸，我和丈夫、儿子，妹妹，弟弟在大连金沙滩海边合影。)

不小心把手指割破，仍然什么活都要干，那时候没有创可贴，只能用胶布把伤口缠上，鲜血从胶布处渗出，我抚摸姥姥伤痕累累的手知道她一定很痛，但她从不说痛，也从不说累。姥姥用她坚强的臂膀撑起一片天，使这个家庭在爸爸妈妈病重的几年中正常运转下去，让我们几个姐妹在她老人家温暖怀抱中茁壮成长，姥姥是我们全家人的大救星。

白天姥姥抽空带我们去公园、看演出开阔我们的视野，晚上她仍然不顾劳累领着我们在平台上看星星、月亮讲浩瀚无垠的天空。姥姥的知识在源源不断丰盈着我们当年幼小的心灵，姥姥做的可口饭菜是我童年时的味道，姥姥的音容笑貌是我童年时的美好。亲爱的姥姥给我们无微不至的关爱、温暖及悉心的教育，她教会了我

洗衣、做饭、做针线活等生活技能，也教会了我们做人的真谛。儿时的美好总是和姥姥联系在一起，姥姥已经成为我童年美好记忆的化身。亲爱的姥姥永远是我心中美好的回忆！

思念
——亲爱的姥姥

思念在朝朝暮暮，思念在云起雾散。
思念在花前月下，思念在眼底心田。
思念在漫漫长夜，思念在今世前缘。
思念在每日每时，思念在回眸瞬间。

1995年正月

亲情

2009年8月24日,亲爱的婆婆永远离开了我们,连松大姑姐在电话里告诉我,婆婆走前曾对她说的最后一句话是,老儿子孝顺是因为老儿媳好,我听后非常感动。

丈夫在家排行老三,是最小的儿子,所以婆婆和他人提起我时,总是亲切地叫我"老儿媳"。也许是我和婆婆感情融洽,她总把"老儿媳"挂在嘴边,以至婆婆身边的亲戚朋友、街坊邻居都知道我这个总让她赞不绝口的"老儿媳",每当丈夫兴致勃勃地向我描述,公公、婆婆又如何如何夸奖他们"老儿媳"的情形,真让我很不好意思呢。

她老人家一生吃苦耐劳,朴实肯干,曾经是全国劳动模范,在北京参加劳模表彰大会时,曾同主席合影留念。

记得第一次见到婆婆那天,被她的容貌所惊叹,已经50岁的她端庄大气,含笑的眼睛楚楚动人,我心里暗暗地想,原来丈夫长得帅气是随他俊美的妈妈呀。后来我同丈夫开玩笑说,婆婆如果当演员根本就不用化妆,一定会成为像著名电影演员秦怡那样的明星呢。

婆婆的厨艺堪称一绝,煎炒烹炸,面案、菜系样样精通,她炒出的菜色香味俱佳,她炸出的麻花香脆美味,炸出的油条酥软可口,尤其是她包的粽子让我大开眼界。

（2006年，我和丈夫同公公婆婆等亲属合影）

我们相处的第一个端午节，婆婆听说我喜欢吃粽子，便展示了她包粽子的绝活。吃饭前，婆婆端上了两个巨型粽子，每个粽子都装有一斤的米，分别是用大黄米和糯米包的，这种粽子要凉吃，吃的时候把粽叶去掉，再把粽子切成一块一块的，大家分着吃。婆婆称这一对黄白两色的大粽子为鸳鸯粽。每到端午节我都会想起婆婆的美味粽子。

婆婆的高超手艺被杨华大姑姐继承了，和婆婆一样，她包的粽子软糯美味、饱满漂亮，形状如同艺术品，百吃不腻。每到端午节，杨华大姑姐总是为我们包很多好吃的粽子，甚至包括我父母家的，我儿子家的，我亲家的（儿媳的父母）每家一份，大姑姐的深情厚谊让我感动。

杨华大姑姐是个孝女，并且继承了婆婆乐于助人的热心肠，为人开朗热情。由于大哥大嫂不在本地，所以公公、婆婆的衣食住行、大事小情完全由她和我丈夫这姐弟俩忙里忙外、跑前跑后且配合默契。是亲情的力量使我们始终亲密无间，友爱互助。

婆婆虽然离开了我们，但她为我们留下的亲情，永远都温润着我们和谐美满的大家庭。

2015年6月20日端午节

怀念舅舅

　　2020年2月29日晚上10点左右，我偶然看到窗外不是黑暗而是一片红色，便抬头仰望天空，见头顶及天边完全是淡红色，仿佛整个天空披上了粉色薄纱，柔和而肃穆。我凝神许久，心想一定又有品行端正的人往生净土了，因为爸爸离开的那天夜里就是这样美丽的天象。同时又想到爸爸离开我们已有4年，妈妈离开我们8年了，姥姥已经离开25年了，思念之情充满心底。

　　去年7月26日那天，听说舅舅病重，立刻打电话，舅舅声音微弱，后来舅妈把电话接过来，这是最后一次和舅舅通话。今年春节前给舅舅汇款已经不能写他名字，就打电话给舅舅想通过微信转给春成，但舅妈说春成也没有微信，很遗憾。如今舅舅永远离开了，我们心里非常难过，今早回忆起很多往事我又哭了。

　　姥姥只有两个子女，妈妈是长女，舅舅比妈妈小五岁，姐弟二人感情深厚、非常亲密。

　　我在天津姥姥家出生，满月后不久妈妈就回原沈阳军区单位了，姥姥说妈妈走后我每天总是哭、谁也不跟，只允许姥姥和舅舅抱我，后来的岁月中舅舅便成为我生命中不可或缺的亲人。

　　舅舅从小聪明过人，勤劳能干。一生善良无私，品德高尚。由于姥爷在抗日战争年代牺牲，妈妈也远离家乡，舅舅小小年纪不但独自担起家庭重任而且为太姥爷、太姥姥（舅舅的爷爷奶奶）养老送终实属不易。

舅舅十二岁那年跟随同村的成年人到天津市一建筑工地做小工，工资微薄仅够糊口，他每天省吃俭用，用两个月积攒的钱给姥姥买了一顶棉帽子托人捎回家，姥姥看到帽子心痛地哭了一场。

在工地上舅舅踏实肯干，认真学习建筑工程技术，几年后舅舅已经成为建筑行业的大工匠，工资提高很多。那年天津铁路局准备新建办公楼，舅舅参与了这项工程，由于舅舅工作业绩突出，受到天津铁路局的表彰和重视，决定聘用舅舅为铁路局正式职工。就在这期间，妈妈恳求姥姥离开天津老家去沈阳照顾孩子，舅舅考虑再三还是同意姥姥去沈阳妈妈家了，并亲自将姥姥送到沈阳。

姥姥离开家乡到沈阳后，家中有年迈的太姥爷、太姥姥和只有四岁的我的大姐。大姐从出生就在天津姥姥家，姥姥到沈阳妈妈家后，大姐一直由舅舅、舅妈抚养成人。舅舅对大姐关爱备至，是我大姐今生不是父母胜似父母、最亲的亲人。那时舅舅和舅妈刚结婚，不但要帮助抚养四岁的大姐，还有两位老人需要照护，后来舅舅、舅妈的四个子女也相继出生，面对这老的老，小的小，舅舅为了不影响我妈妈的工作，为了舅妈不过于劳累等原因，毅然放弃了天津铁路局高薪的正式工作，回到了农村老家。

舅舅从天津市回乡后，村领导安排舅舅接手会计工作。舅舅没学过会计，只是在上小学时学习过打算盘，听大姐说那时舅舅每天都钻研会计知识，有空儿就练习算盘，让当年五岁刚刚上学的我大姐念数字，舅舅用算盘加，大姐刚念完、舅舅就已经打出了结果。后来在每次的各种算盘比赛中舅舅总是得第一名。由于舅舅算盘打得好，工作成绩突出，他被调到大口屯镇管理区（镇政府）工作了几年。

舅舅虽然没学过乐器，但二胡拉得特别好，无论什么曲子只要他听过一遍，便能完整准确地用二胡演奏出来，让人惊奇赞叹。舅舅还是当地的文艺骨干，扮演什么角色都惟妙惟肖。舅舅虽然没学过厨艺，但厨艺远近闻名，在他年岁大了之后被大口屯镇银行聘用，做了几年厨师。

舅舅为人处世周全，待人接物诚恳热情，与人相处和谐融洽、人缘极好，大家都非常尊重他。在村里无论谁家有大事小情，都要请舅舅帮忙，都会看到他忙碌操劳的身影。舅舅会多种手艺，懂得盖房子的每道程序、做得拿手好菜。当地谁家盖房子舅舅总是帮工主力，各家操办红白喜事舅舅必去帮厨做饭。哪家有人生病，舅舅帮忙把病人送到医院。有人家发生矛盾争吵，舅舅去做劝说和解工作。舅舅在村里是乡亲们心中最有威望、最信得过的人。

舅舅一生都是在辛勤劳作中度过。20世纪60年代初，生产队分的粮食不够吃，家家户户都挨饿，舅舅和舅妈每天除去生产队农田干活外，早晚或午休时间还要在自家后院和东园子（祖传下的宅基地）种上大麦、玉米、胡萝卜。在后院的边边角角的地方种上南瓜、豆角和向日葵等。打下的粮食用以填补生产队分配粮食的不足。

夏季，舅舅利用空闲时间骑上自行车带着大姐到离村几十里的洼地去撸草籽，晒干后用石磨磨成粉，掺在玉米面里做成窝头。

舅舅家的后院有几棵枣树，每年秋季舅舅都要把成熟的枣装进麻袋，骑自行车到百里外的天津集市去卖。舅舅卖了枣舍不得去饭店吃饭，只买几个烧饼充饥。在舅舅辛苦劳作下，在那个困难期间，全家人没有挨饿断炊。

由于爸爸妈妈一直身体不好，所以姥姥常年都在我们这边操持家务，就连舅妈生孩子期间姥姥都没能回去照顾，舅舅从无怨言。舅舅勤俭持家，生活简朴，但对我们姐妹却关爱有加，在那个贫困年代，舅舅从天津买来的漂亮衣服曾让我们无比欢喜，爱不释手。

很多年来舅舅的言行也时刻引导、熏陶着我们，舅舅为我们留下一句很有感召力的经典名言——"劳动有饭吃"。几十年来，丈夫时常用这句话勉励自己保持勤奋和努力，每当需要他必须去做一件重要事情之前就会说"劳动有饭吃"，在他通过自己的劳动完成任务、达到预期结果之后，也总会笑着重复这句"劳动有饭吃"。多年以来，舅舅的这句话已经成为我俩的人生座右铭并受益匪浅。

舅舅在世时宽厚助人，行善积德，以他勤奋智慧的优秀人格魅力为我们大家做过很多好事。感谢舅舅，怀念舅舅！祝愿舅舅在天之灵修成正果，智慧之灵永存。

2020年3月

1994年冬天，爸爸，妈妈，我及丈夫同舅舅在大连星海会展中心，大连北大桥合影。

上图从左至右：丈夫，我，舅舅，爸爸，妈妈

下图从左至右：舅舅，妈妈，我，丈夫，爸爸。

劳动公园荷花池

时值夏日，芙蓉初发。一方荷塘，叠千层翠盖；数茎浅红，展仪态万方。这是儿时留下的对劳动公园荷花池美好的记忆。

五岁那年，父母双双病了，我每天早晨或傍晚需要到劳动公园北门处的奶站去打奶。

夏天的大清早，五六点钟，姥姥把我叫醒，拿着姥姥交给我的火柴盒大小的一张"奶票"和空瓶子便出发了。我从当时劳动公园南门走进去，顺着一条不太宽的柏油小路由东向西走几百米，再往北拐才正式进入公园。由于奶站在公园的西北角，荷花池就成为我打奶的必经之地。

清晨，公园里非常寂静，只有鸟儿清脆的叫声和我的脚步声，有时也会看见一位园林工人在修剪花木。

走出高大浓密杨树掩映下的林荫道（姥姥说，风吹时树叶沙沙作响，所以叫它响杨树），就看见荷花池了。放眼望去，那层层叠叠的荷叶错落有致地随风摇曳，亭亭玉立的粉色荷花在荷叶的舞动中闪现着素雅的仙姿。远远地就可以闻到空气中弥漫着荷花特有的清香，那茂盛翠绿的荷叶布满池塘，很有"接天莲叶无穷碧"之气势。

走近荷花池，随手可以触摸到已经蔓延到池边的荷叶，偶尔一只小青蛙跳上荷叶，上面那颗圆圆的大水珠便滚动成几颗小小的水珠。有时荷叶上的几颗小水珠也会滚动汇聚成一颗大大的水珠，无论水珠是大还是小，它们总是那么圆圆的，晶莹剔透的，滚动着，很是神奇。

我看到了荷花池上的小桥，迂回在荷花、荷叶丛中美不胜收，就在上面往返，一趟趟地走着跑着，硕大的荷叶从桥栏杆下探进，轻抚着我的裙子，我知道那是她们友好亲切地向我问候、招手。

有时候从奶站打奶回来我仍然对荷花池流连忘返，每当我长时间不回家，姥姥都会不放心，就到旁边楼的邻居家找小红（当时只有我家住这座楼里）。

小红大我两岁，我们每天在一起玩耍几乎形影不离。她奶奶是一位热心肠的好人。在我父母生病的岁月中，她经常在我家楼下扯着嗓子喊道，小丽呀！买豆腐啦……（全世界只有她一人叫我小丽）姥姥听到后就给我个小搪瓷盆，我便跑去街上买豆腐。小红奶奶在我家楼下扯着嗓子喊话的内容还有很多，如果姥姥始终没有听见喊声，她就上楼来家里，把想要通知我们的事情告诉姥姥。多少年后姥姥仍然经常同我念叨起她的好处。

那天我又把装满牛奶的瓶子放在荷花池边，上小桥玩去了，小红气喘吁吁地跑来，大声喊着，大姥叫你快回家！拉起我的手就跑，我俩飞快跑回家，姥姥发现牛奶没有拿回来，于是我俩又飞奔回去找牛奶了。

从那时起，劳动公园荷花池便是萦绕我心头的一丝情愫。同时我深感幸运能够就读于劳动公园小学，因为学校距离荷花池很近，为仍然可以经常看见那神往之处而欣喜。

后来我们全家离开了大连,经过长达近17年的阔别,1988年夏天,我再次来到荷花池。记得那天当我和丈夫、儿子一起从东门走进劳动公园时,我抑制不住内心的激动,拉着儿子的手就往荷花池跑去,丈夫在后面也跟着跑,我们一起狂奔到荷花池前。我对儿子说,妈妈就像你这么大时,每天经过这儿去打奶,儿子似乎听不懂我说些什么,只顾开心地跑着、跳着,显然他也喜欢这里。

从那以后,我每年夏天都惦记着到荷花池看看,尤其喜欢清晨和傍晚来这里。在池塘边坐一会儿,或是沿着池畔慢慢地走,重拾起那从未走远的记忆。那么多亲切可爱、友好热心的面容跃然于眼前。

好像看见我最亲爱的、日夜操劳的姥姥牵着我的手,从响杨树林荫道经过荷花池向奶站边走边一遍遍地叮嘱,打奶可不能在路上贪玩,更不可以一个人在公园里玩,只有姥姥领你来公园才是玩的时候……

似乎出现了傍晚去奶站的画面,我很奇怪站成一队打奶的大人们为什么都面带微笑,不让我排队,而我却觉得排队很好玩,站在十几个大人的后面不肯去前面。奶站的阿姨就笑着走过来,把我手里的瓶子拿过去,装上满满一瓶牛奶小心地放在我手里,用浓重的地方口音说:"用两个手绷(běng)(抱)好,拜(bài)(别)掉了哈……"

我也为荷花池如今的衰败而痛心扼腕和深深怜爱。尽管今年公园方面对荷花池进行了修缮,有了点起色,但是同当年劳动公园荷花池的唯美相差甚远,那蓬勃茂盛、壮观和清漾幽雅的韵味已经荡然无存。但是在我心目中，劳动公园荷花池永远是儿时记忆里那个绝美韵致的荷花池。

2015年7月20日于大连

十字绣

昨天晚上星空群里有同学晒出了十字绣，还附有说明，当我看到这是用两年时间完成时，顿时震惊，因为我想起了儿媳曾经送给我的那幅她亲手绣制的十字绣。

两年前我生日那天，儿媳送给我一件特殊的礼物十字绣。这是一幅以我最喜欢的蓝、白颜色为主色调，绣出花丛簇拥、花姿各异的康乃馨。十字绣镶嵌在白色的镜框中，很是高贵典雅，清爽秀美。由于镶嵌在裱框中，所以很有重量，沉甸甸的，有些拿不动呢。我自是十分喜爱，摆放在客厅显著位置一段时日后，见家里所挂的字画等饰物也已恰到好处，就把这幅十字绣放到仓库里了。

我没有绣过十字绣，不知道其有多么耗时费工，但见需要两年才能绣出而吃惊不小。此刻我突然恍惚忆起儿子好像念叨过，说儿媳有段日子夜里不睡觉在缝什么东西，推算着时间在回忆中倏然醒悟，那无数个夜晚她不睡觉原来是在制作十字绣，想到这里我泪流满面。

儿媳的工作繁忙，几乎没有正点下班的时候，周六周日总是加班，想必是她实在没有时间，只好熬夜来做十字绣，是的，为了赶在我生日那天把十字绣完成，她有过多少个不眠之夜呢？我一阵阵心疼。

我们的感情十分亲密，有时我俩出门有人会说，哎呀一看就是母女，女儿长得像你。我立刻说，她可比我漂亮多啦！于是我和儿媳相视大笑。

她是国内重点大学毕业的硕士研究生，聪明能干，工作学习都特别要强，在单位工作努力，在家做得拿手的饭菜，尤其她对孩子非常有耐心，也是我孙女难得的好妈妈。结婚前她不会做饭，记得儿子儿媳婚后两个月的一天，儿子来电话要我和丈夫去他们家里吃饭，我俩奇怪，两人都不会做饭，要我们去吃谁做的饭呢？我们一路猜测着。

　　来到他俩家里，见儿媳正在厨房忙呢，房间里弥漫着饭菜的香味，餐桌上已经摆满颜色各异，造型别致的各式菜肴，有些时尚菜品连我都没有做过呢。品尝这桌色香味俱全且不失清淡口味的饭菜，我由衷地欣喜赞叹！

　　写到这里，我决定从仓库取回那幅十字绣，放在我日日能见到的位置，以时时感受着儿媳那浓浓的情义。

大连

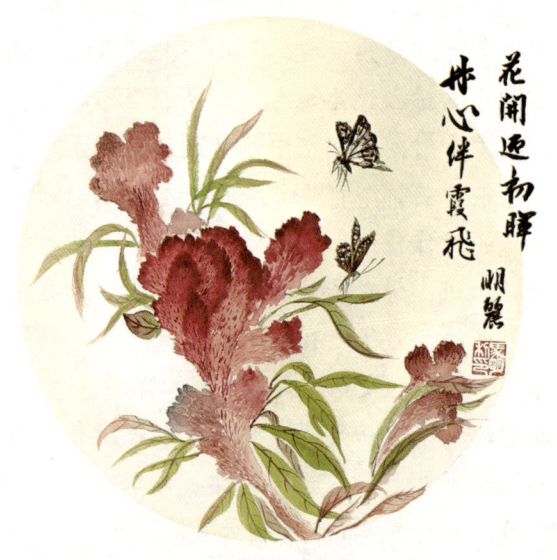

金鸡卫士

　　小时候，我家楼上顶层有个大大的玻璃房子，除养花种菜之外，还养了一只大公鸡和一只兔子。那只公鸡异常硕大、可爱，它那金色的羽毛在阳光下熠熠生辉，璀璨美丽。它总是高高地昂起头，时而悠闲踱步，时而展翅飞起，再轻轻落下，从不伤害玻璃房内的花草饰物。

　　我和妹妹经常在玻璃房子里和大公鸡一起玩耍。那时妹妹刚刚学会走路，她就骑在公鸡的背上，用手紧紧抓住它那丰满的羽毛，公鸡则驮着妹妹满地跑。有时候我在前面跑，公鸡和它背上的妹妹就在后面追逐。公鸡驮着妹妹从没有摔到她。所有的大人们看大公鸡是白色的，可我和妹妹却看到公鸡是金色，姥姥说小孩子眼真，看到的是真实颜色。

　　有天夜里大公鸡突然叫了起来，从那之后它每天夜里十二点钟就开始叫，那嘹亮的鸡叫声会惊醒所有的人，这种情况持续半年有余。

　　还好只有我们一家住在这楼里，但半年之后旁边楼的刘阿姨来找姥姥了，说夜里鸡叫吵得睡不着。姥姥和父母商议多日还是不忍心杀掉大公鸡，无奈，刘阿姨多次来找姥姥，家人最终决定把大公鸡杀掉。

　　那天，玻璃房里场面非常惨烈、姥姥、爸爸、妈妈三人一起怎么也抓不到大公鸡，花盆等器皿碎了一地，大公鸡飞来飞去，他们仍然无法抓到。姥姥见状只好低头小声念叨了几句话，之后，大公鸡便从玻璃房顶飞落

下来，蹲在地上不动了，姥姥把它抱了起来……

　　大公鸡被杀的当天夜里，兔子就被黄鼠狼咬死。我们是在早晨发现的，黄鼠狼只把兔子的头咬碎，吸干脑浆。半夜鸡叫的真相也随之大白于天下，原来大公鸡是为了保护兔子在同黄鼠狼勇敢地战斗，半年多的时间，每天夜里大公鸡都在和黄鼠狼进行殊死搏斗，它越战越勇，屡战屡胜！

　　很多年来，我时常会想起那只为保护兔子而英勇殉职的大公鸡，姥姥说它本应是金鸡化凤的，祈愿我家的金鸡卫士在无涯的时间长河中金鸡化凤，修成正果。

2016年元月15日

辰时于大连

花開富貴春竹報平安

1988年春天，我和儿子、丈夫在大连劳动公园。

1989年夏天，1990年夏天我和儿子、丈夫在大连中山广场。

1993年12月，1999年6月我和儿子在家里。

2011年9月4日，2015年6月我们全家人在星海广场。

孙女（2014年，2018年）

爷爷和孙女（2016年5月）

我和孙女（上图2022年春节，下图2019年元旦）

2015年至2019年，我和孙女在大连莲花山公园，林海路，人民广场。

大连东港乘游艇
2020.8.8

大连棒棰岛公园
2020.5.2

上图：2020年8月8日，大连东港乘游艇。
下图：2020年5月2日，大连棒棰岛公园。

楼外春晴百鸟鸣

云间树色千花满

明骥 书

2022年7月,和家人一起在西藏林芝工布庄园希尔顿酒店。

东港乘游艇
2021.10.1

东港游艇2021.10.1

大连东港乘游艇
2020.8.8

东港游艇
2021.10.1

东港乘游艇
2020.8.8

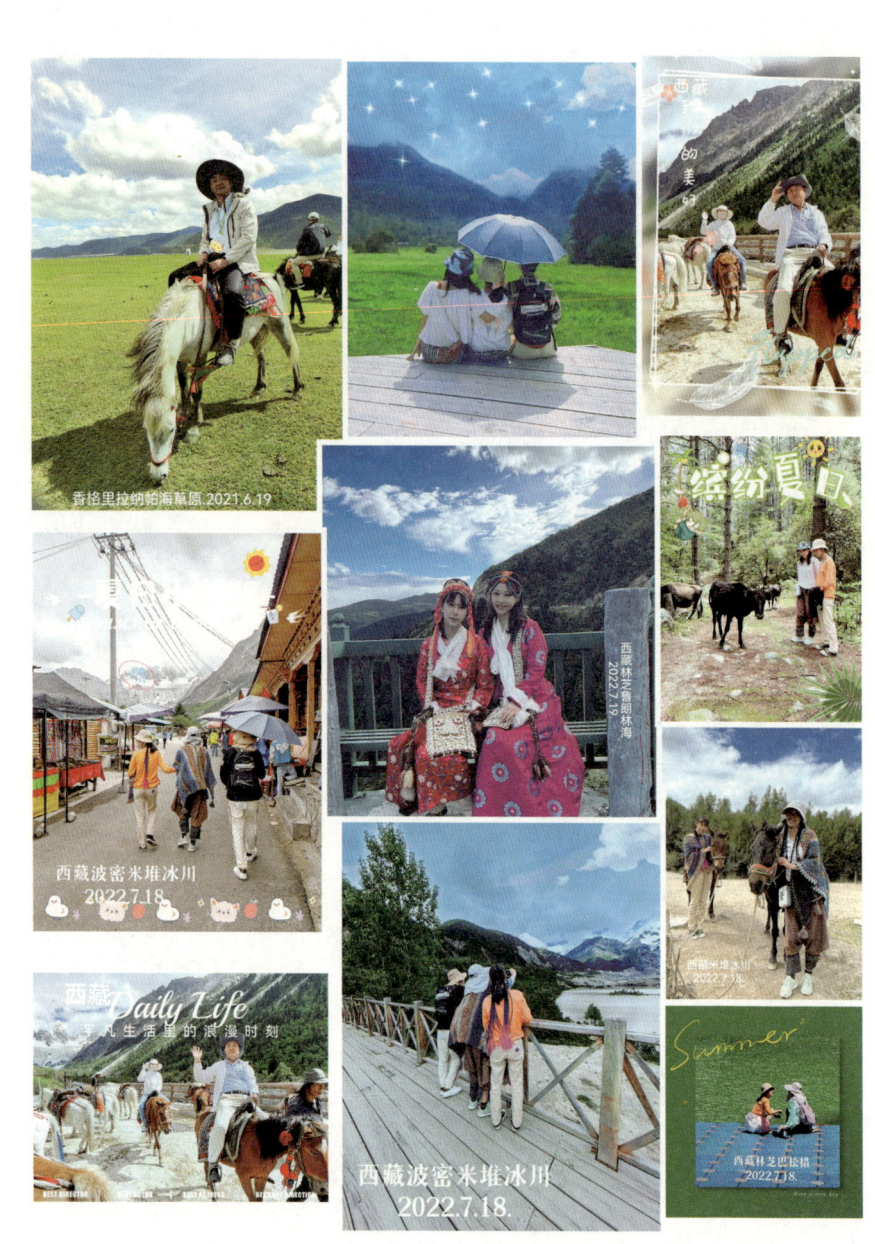

2021年、2022年，香格里拉，西藏。

第九章

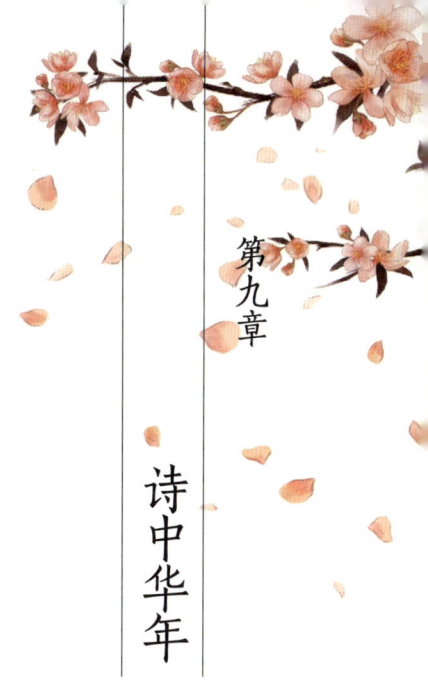

诗中华年

减字木兰花·
新年音乐会

循声岁月，且以深情和一阕。挥手流年，相伴兰章韵萦牵。

轻声对语，与你倾心歌如许。交响回肠，我把音诗久韫藏。

2018年12月25日

如梦令·
劳动公园小学

藤蔓小桥流水，鼓号队旗学子。铃起课间时，操场跃然喧沸。仍记，仍记，满眼童真稚气。

1988年8月

格律说明：

《如梦令》(词牌名)，三十三字，五仄韵，一叠句叠韵。全词由六言句及叠句组成。

仄声：上声四纸五尾八荠十贿(半)，去声四寘五未八霁九泰(半)，十一队(半)通用。

注：

大连劳动公园小学（原名大连二十四中学附小），我的母校。曾与二十四中并立在劳动公园内，有公园里花园的美誉。现已划为二十四高级中学校址。阔别大连十七年后，再次伫立在当年上学的地方，在夏秋之交的早晨，爸爸牵着我的手，走进了这所美丽的花园小学。

满庭芳·
同仁

静水流深，风烟别意，比邻千里为之。道合修远，当共济不移。怀此拳拳盛意，求索者、心志谙知。念故友，同仁情谊，幸得与相识。

持心如若水，清风盈袖，随遇安宜。历稔经共事，总有别离。前路深藏祝愿，良师益友拜辞时。道声好，流连回味，存眷眷长思。

注：

　　回大连生活和工作曾是我的期待，那里有我儿时生活的印记。离别时刻将近，难舍难分之情溢于言表。难忘故乡、难忘我工作过的市政府计委信息处，这里为我留下了值得经年回味的美好记忆。尊敬的领导，亲密的伙伴，我会珍藏曾经的拥有，为能同你们，我的精英同仁共同携手工作过而骄傲，你们是我生命长卷中浓墨重彩的篇章！

1987年7月于齐齐哈尔市政府计委信息处

满江红·

沉默

修养情怀，三思后、缄言谨静。经世事，安之若素，淡然机颖。一曲无言除恼绪，书香对语舒胸境。风雨声，飞短流长中是清醒。

留气度，端德性。仁厚者，常自省。善怀缘深悟，道同心应。何必赘纷繁游说，终归见各自究竟。对是非、坦荡也从容，行为证。

1993年12月

水龙吟·

人生

人生即是修行，生活每日如修炼。珍存拥有，安于当下，认知信念。探索追求，花明柳暗，初心不变。世态秋云去，温凉阅历，经了悟，见磨难。

逆境横陈艰险，悉窥寻、当歌惊艳。尘埃拂去，得失深浅，化繁为简。忧往喜还，匆忙交替，慨当嗟叹。见斜阳芳草，向来蓦首，笑言安暖。

1997年5月

格律说明：

《水龙吟》(词牌名)正体，双调，一百零二字，上片五十二字四仄韵，下片五十字五仄韵。此词下片首句叶韵。

《词韵》第七部，仄声：上声十三阮(半)十四旱十五潸……二十八俭……去声十四愿(半)十五翰十六谏十七霰二十八勘二十九艳三十陷通用。

沁园春·

慎独慎行

陶冶身心，明辨是非，慎独慎行。念言行相顾，见微知著；睹始知终，严谨思诚。律己清规，一丝不苟，故去秽累而飘轻。当恪守，坦荡不放纵，自戒之铭。

勤于内省修来，浩然气、清通而共鸣。莫见乎其隐，莫显乎微；本心操守，磊落光明。表里如一，省察自律，拒入俗流常觉醒。合天道，不须臾离也，万物相生。

2000年12月

西江月·

如水

君子真诚平静，为人如水而安。清波泽润出尘凡，夫唯不争恬淡。

明净身心质简，融流方正坦然。虚怀若谷纳千川，万物包容至善。

2000年9月

格律说明：

《西江月》（词牌名）双调，五十字。上下片各两平韵，结句各叶一仄韵。平、仄韵属同一韵系。上下片第一、二句为对偶句。

《词韵》第七部，平声：十三元（半）十四寒十五删一先十三覃十四盐十五咸通用。仄声：去声十四愿（半）十五翰十六谏十七霰二十八勘二十九艳三十陷通用。

水调歌头·
夏夜

日暮蝉声咽,静谧透绵长。拂帘月淡轻笼,回步久徜徉。天籁余音唱晚,夏夜虚空幽远,舒爽沁微凉。蕴藉隐千种,云水潜时光。

绿荫簇,星夜霁,影悠飏。楼台似镜,露华深院照敧窗。若水盈怀清浅,荷韵兰心如简,款款是留香。岁月诗笺上,几许染芬芳。

2010年8月

格律说明:

《水调歌头》(词牌名),双调,九十五字,上下片各四平韵、两仄韵,平韵前后属同一韵部,仄韵前后属不同韵部。

《词韵》第二部,平声:三江七阳通用。

沁园春·

夕阳红

夕照相迎，万物平和，拥抱自然。对黄昏宁静，几多舒缓；海垂浪澹，林鹊飞还。明月清风，高山流水，是处苍茫暮色斓。幽蓝里，与光阴细语，往事如烟。

余无纷扰奔波，阅尽竞帆枫红万千。正残霞无限，凉生潮散；熔金落日，合璧云天。绚烂之极，归于平淡，岁月倾辉映流年。明如是，叹人生哲理，沧海桑田。

2015年10月

格律说明：

《沁园春》（词牌名），双调，一百一十四字，上片四平韵，下片五平韵（下片首句第二字为暗韵，可不叶）。上片第四句（对黄昏宁静）、下片第三句（正残霞无限）都以一字（"对""正"）领四言四句，领字用去声，此四句作四字两联对仗。

《词韵》第七部，平声：十三元（半）十四寒十五删一先十三覃十四盐十五咸通用。

七绝·

水墨兰亭

水墨兰亭曲水潆，风云烟雨纵平生，
释怀禅意随诗画，融进心头和乐声。

2023年9月13日戌时

七律·

笔墨丹青

神工意匠绘丹青，润笔之娟妙点睛。
远看山遥着落墨，近听流水意无声。
风霜素练行云起，雨燕苍鹰鸾翅轻。
眉黛含颦皆入画，当歌并在此一鸣。

2019年3月1日

如梦令·

书法

落笔传神诗境，泼墨行云乘兴。展纸挥毫间，姿态横生辉映。虚静，虚静，但见砚书真性。

2019年4月26日

格律说明：

《如梦令》（词牌名），三十三字，五仄韵，一叠句叠韵。全词由六言句及叠句组成。

词韵第十部，仄声：上声二十三梗二十四迥去声二十四敬二十五径通用。

渔歌子·
画作

妙手丹青画作真,远山近水去登临。
迎入目,尽知闻,苍松碧嶂掩溪深。

2019年4月26日

格律说明:

《渔歌子》(词牌名)正体,单调,二十七字,五句四平韵。
词韵第六部,平声:十一真十二文十三元(半)十二侵通用。

采桑子·
旗袍

行云曼妙飘然步,一笑回眸,顾盼含羞,拂柳亭亭娇态休。

东方神韵旗袍秀,浪漫纤柔,自是风流,传世无双特质留。

2018年11月27日

减字木兰花·
旗袍女子

香风细细，款款含情松绾髻。秀婉身姿，风韵娇容衬冰肌。

蓝罗淡雅，丽影如兰团扇画。媚态玲珑，便惹多情民国风。

2010年6月2日

七律·
旗袍女子

罗锦云裳缀玉花，古妆娇艳掩团纱。
一袭风雅惊尘世，两袖月光照芳华。
举手轻摇油纸伞，生姿顾盼粉绢葩。
行云流水如诗画，墨韵丹青曜霁霞。

2011年9月11日

注：

团纱：团扇的别称。古代团扇多以绢纱为之，故称。

五律·小暑

读唐·元稹五律小暑,步韵和诗。

转瞬夏风至,又惊暑气来。
连阴多日雨,雾霈闷无雷。
窗槛浮晨霭,暮曛湿巷苔。
往来函牍学,似水流年催。

2020年7月7日午时

赞美

新闻传报叙篇章,喜讯如潮劲颂扬。
苦累辛劳全不顾,德才兼备助图强。
万众创新争创业,携手腾飞做领航。
民企卅家释活力,功劳奉献赞担当。

2015年6月

五绝·

答诗友

千里与君语,隔屏与君逢。
万千人海里,敬友一杯浓。

2021年6月4日

格律说明:

五言绝句平仄脚,诗韵【二冬】。

七绝·
和章会友

读心淡如水发来诗文,步其韵奉和。

和章会友叙新诗,习诵运思意者知。
得悟须臾佳句赞,风情万种惹人痴。

2020年10月31日

附:

心淡如水原诗

胸藏万卷笔先知,轻点秋毫自成诗。
信手拈来皆丽句,一赏醉人再赏痴。

2020年10月30日

七绝·
遣怀

漫品逐芳见风采,
英辞妙句集云来。
赏析思韵和师友,
字里行间作遣怀。

2020年11月1日

附:

心淡如水原诗

仰慕老师好文采,
眉头一皱诗讯来。
在下打油遣闲愁,
班门弄斧愧满怀。

2020年11月1日

古风·
和心淡如水

读心淡如水发来诗文,步其韵奉和。

纯良恬淡如水,潜入肺腑清明。
华色含光读师友,聊诗情趣投有声,闻香堆锦樱。

2021年4月6日

附:

心淡如水原诗

杏花开时雨水,桃红落后清明。
田上麦苗拔三节,叶下黄鹂啼两声。花黄梅子青。

好久不见诗阁,思念妙笔清音。欣赏精美诗篇,感佩老师好才情!

2021年4月6日

七绝·
答心淡如水

文情并茂动人心,飘逸清芬荡胸襟。
相遇良师融万卷,见贤思齐每悟深。

2021年4月2日亥时

格律说明:

【十二侵】齐,双韵字。

五绝·
和莉琴

读莉琴发来诗文,步韵和诗。

清风扑面来,谈笑逐颜开。
琴影弦音绕,三春荡满怀。

2021年4月4日

格律说明:

五言绝句仄平脚,诗韵上平声【十灰】,末句用临韵【九佳】。

附

莉琴原诗:

诗由心中来,花自眼前开。
信手拈一朵,芬芳入我怀。

2021年4月4日

七绝·
和莉琴

几近花期意未犹,兰心蕙性见轻柔。
以诗相会千里外,凝萃余声唱和酬。

2019年4月13日

鹧鸪天·
诗中情怀

诗景交融巧缀连,满堂喝彩续新篇。
图文并茂赏不尽,回味无穷余韵含。

书妙句,见词翰,通今博古赛诗仙。
弘扬国粹书经典,尽展才华乐无边。

2021年4月2日卯时

格律说明:

翰:双韵字。

七绝·
赞诗友

妙笔生辉远近闻,雕文织采众如云。
风情浓郁留回忆,吟咏成章巧诵文。

2021年4月8日辰时

七绝·
诗联文社

才思殊渥箸兰章,笔落惊风醒四方。
借问此君何处圣,诗联文社济一堂。

2021年4月2日戌时

七绝·
相逢

诗词汇海掀声浪,展纸挥毫见俊良。
意韵十足乘翅翼,相逢文字衍八乡。

注:

浪:双韵字。

2021年4月3日

七绝·
题诗

句句真情念念深，
哀思催泪扣人心。
希贤生者多珍重，
挥笔移书歌赋吟。

2021年4月3日

减字木兰花·
送友人

才情洋溢，着笔行文书墨迹。咏絮清佳，漱玉含芳锦绣花。
谦和秀彻，素朴自然读新切。艺苑芬葩，腹有诗书气自华。

2015年7月

七绝·
欣赏

妙笔生花诗韵美,风流文采底蕴浓。
倾心国色天香里,情动名篇佳作中。

2018年5月

七绝·
观展

物换星移话沧桑,春风秋雨写词章。
笔耕不辍深积淀,翰墨诗文见特长。

2018年4月

七绝·
岁月如歌

跟随岁月镜头走,带我如歌画里行。
展乐高弦山河舞,读文解义做和声。

2018年4月

注释:

"展乐":读音 zhǎn lè。

七绝·
初冬银杏叶

读虚实发来诗文,步韵和诗。

光晔流金烁玉黄,街庭霜野蔽林芳。
忽逢银杏篱墙雨,素韵风情映舞裳。

2021年11月24日申时

附:虚实原诗

菡萏羞颜杏叶黄,一园葱郁隐华芳。
拥炉坐赏寒霜俏,新夏花席再举觞。

虚实于辛丑小雪后二日并识

七律·

滨海路晚步

读乔狄发来诗文,步韵和诗。　　　　　　**格律说明:**

【八庚】

读观其境人先静,却见云天水浪声。
雾笼烟低随夕照,松涛林影暮风行。
氤氲山霭波澜涌,海岛虚缥幻景生。
清月悠悠光隐现,会心遐想望期程。

2019年5月22日

附:乔狄原诗

晚雨未来树先静,林中野雉啼几声。
海上雾霭垂幕罩,滩下潮水拍岸鸣。
崛影憧憧半拉山,涛声轰轰燕窝岭。
天边朦胧浮小岛,心思恍惚入仙境。

七律·
七秩寿诞

恭贺张本义先生七十寿诞。

华诞古稀添岁酒,升堂齐举祝寿筵。
国学书院贤明道,洙泗学堂盛业传。
儒雅师德久垂范,才情堪敬德全然。
吟诗作画挥毫墨,信步松斋桃李妍。

2019年8月18日

七绝·
寂静时光

寂静时光了无痕,年华易老莫惊魂。
初心不改知深智,云淡风轻故粹温。

2019年1月30日

注:

粹温:纯真温良。

七律·

生日祝福

——张博士生日贺词

祝福举杯贺语喧,贤能芳泽共歌尊。
日新月异出佳绩,事业勃兴奋力奔。
引领健康有建树,真才实干显余蕴。
敢为新锐勤求索,财富共赢众入门。

格律说明:

　《诗韵》一、上平声【十三元】,"蕴"为双韵字。

2019年12月25日

七绝·

春华秋实

寄语春华一岁人,秋实笔墨往而深。
星移斗转今相遇,轻写流年有玉音。

2019年4月2日

渔歌子·

摄影师

技艺高超视角深,抓拍生动构图新。
光影下,汇其真,定格美好久留存。

2021年12月23日

鹊桥仙·
新婚之喜（一）

兰馨桂馥，福熹盈溢，杨洋徐欢新囍。
百年合好贺良缘，乐赋唱随呈祥瑞。

天长地久，真情相守，之子于归姻缔。
爱情永固配天成，宜其室家安如意。

2015年6月

格律说明：

《鹊桥仙》词牌名，双调五十六字，上下片各两仄韵。上下片第一、第二句对仗，故首句第三字与次句第三字的平仄要错开，即首句第三字如用仄，次句第三字当用平，反之亦然。

词韵第三部仄声：上声四纸五尾八荠十贿（半）去声四寘五未八霁九泰（半）十一队通用。

注：

大连张燕女士儿子杨洋、儿媳徐欢婚礼作。

鹊桥仙·
新婚之喜（二）

欢天喜地，笑迎歌语，吉日良辰美满。百年琴瑟共白头，花好月圆和美眷。

郎才飞溢，娇羞女貌，爱意丰盈情暖。执子之手系同心，与子老、偕行久远。

2015年9月

注：

外甥韩超、丽娟婚礼作。

恭贺婚礼（一）

草坪如茵花似锦，盛筵宾朋庆嘉礼。
和美殿堂建一馆，典雅浪漫祥瑞缔。
郎才女貌姻缘好，爱情美满偕知己。
天成佳偶心心印，相敬如宾恭志喜。

2015年6月5日

注：

北京胡锡彬先生儿子儿媳婚礼作。

恭贺婚礼（二）

金玉良缘三生定，鸾凤和鸣两相知。
香洲花园佳人笑，喜气盈门披嫁衣。
相濡以沫情无限，海誓山盟对欣怡。
洞房花烛同琴瑟，百年好合配天宜。

2017年5月22日

注：

大连王辉海先生儿子儿媳婚礼作。

七绝·
烟花爆竹节

在给天空写情书，人间烟火绮霞舒。
生活样子欣欣色，融入心中尽自如。

2011年2月4日

满庭芳·
隔空朋友

微信群聊，隔空邂逅，会友字里行间。温馨热烈，融洽也简单。千里朝夕与共，天涯咫尺乐无边。同分享，聆听感动，心境避风湾。

生活，常体悟，人情冷暖，絮语长谈。绘屏声文字，点滴休闲。留下沉思平静，卷舒云色睫眉端。频翻阅，交流互动，诵美叙延年。

2014年7月

浣溪沙·

雾霾

浓雾阴霾尘秽狂,
千门万户闭疏窗,
晚烟一抹隐残阳。

街市楼庭人失色,
盼风盼雨盼阳光,
涤污荡垢见清凉。

2016年12月19日

注:

2016年12月19日滨城被雾霾笼罩,到了傍晚更加严重。

詩中華年

明利

丽江古城
2021.6.16

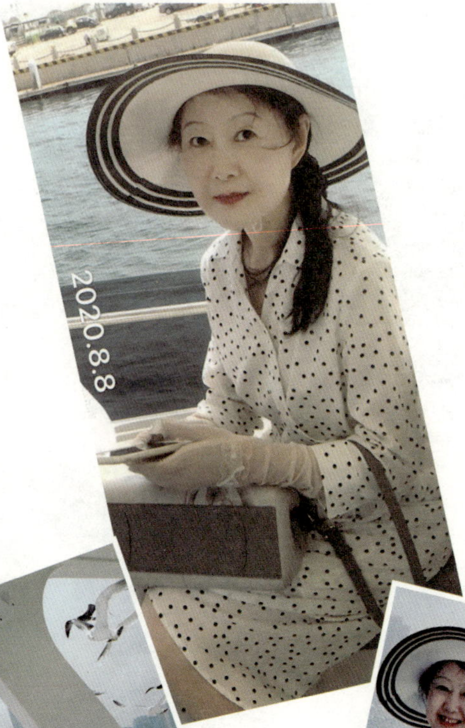
2020.8.8

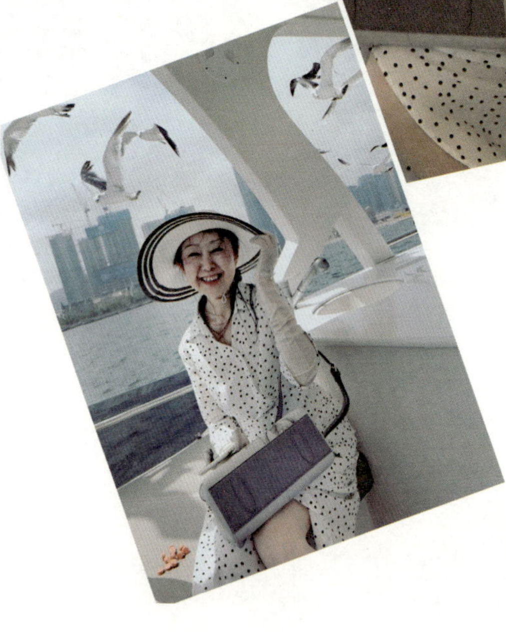

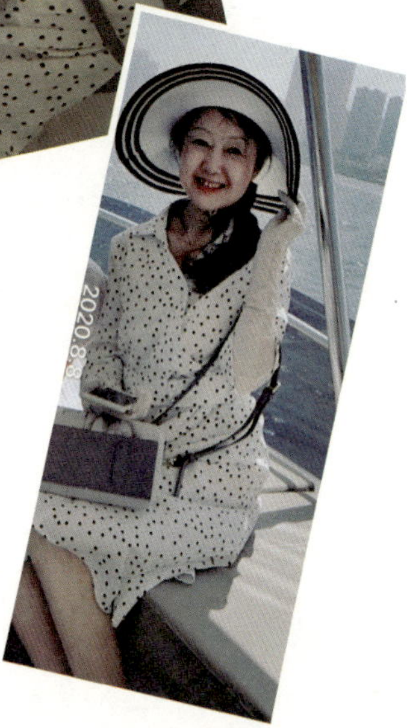
2020.8.8

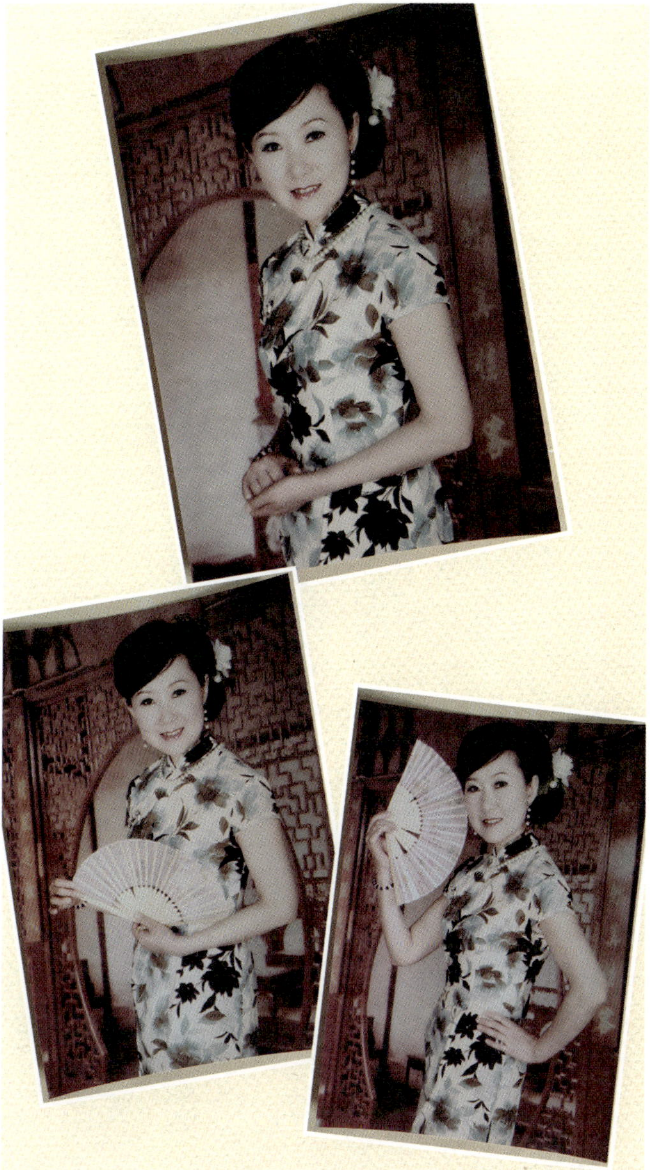

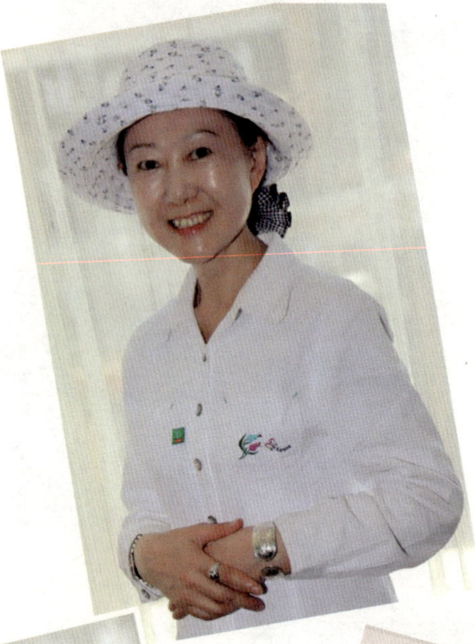

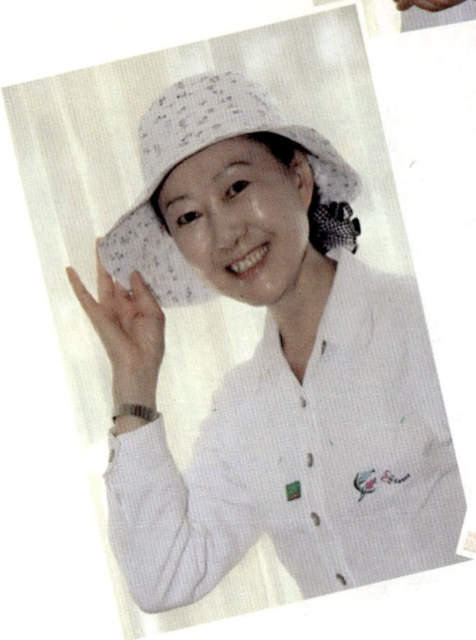

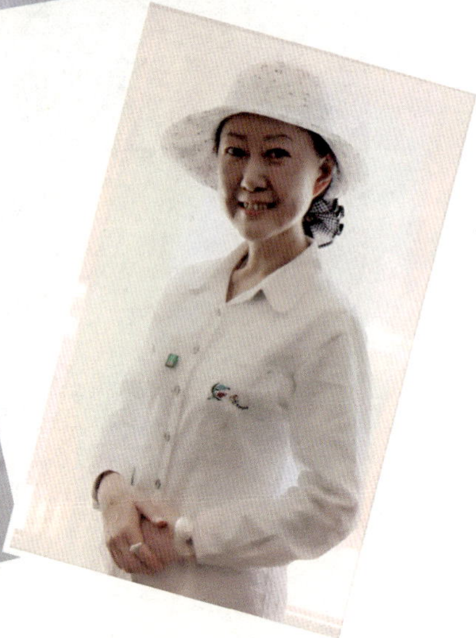

大连迎宾路
2019.10.27

大连迎宾路木栈道
2019.10

240

第十章

异国风情

南歌子·

巴黎

塞纳波光里，人文气质中。画廊书店咖啡盅，写满先贤足迹集思聪。

艺术创新处，心灵芳卉丛。融入沿岸沁香浓。凝聚奢华浪漫并相通。

2018年8月

格律说明：

南歌子，词牌名，此词牌有单调双调和平韵仄韵各体。此词为双调平韵体。双调五十二字，上下片各三平韵。上下片一、二句用对仗，结句为上二下七或上六下三句式。

词韵，第一部平声：一东二冬通用。

阮郎归·

莫奈花园

花间拂翠绕园林，绿植藤蔓深。清幽别致草如茵，流芳稀世闻。

步曲径，小桥寻，垂条柳竹荫。睡莲水影共湖云，悠悠禅意吟。

2018年8月

格律说明：

词韵第六部，平声：十一真十二文十三元（半）十二侵通用。

采桑子·

意大利威尼斯

弯舟游舸云波渡，水巷澄渟，逐景驰腾，海筑奇城幻眇升。

教堂林立桥无数，独特著称，别致清宁，广场钟声潮几层。

2018年8月

格律说明：

相同词牌名已做过的格律说明，这里不再赘述。

醉花阴·

佛罗伦萨

文艺复兴引领地，开创文明史。巨献载丰碑，相映生辉，昨日光华记。

敞廊雕塑风格异，作品殊惊世。师道遍名家，荟萃芬葩，弥久斑斓炽。

2018年8月

格律说明：

相同词牌名已做过的格律说明，这里不再赘述。

醉花阴·
瑞士因特拉肯

岚霭晨曦小木屋，梦幻清幽谷。
翠岭叠山屏，闲步花亭，枝畔流莺逐。

湖光水色楼林麓，雪朗凝冰瀑。
峦脉碧干天，秀映延绵，长顾留回目。

格律说明：

　　词韵第十三部，入声：一屋二沃通用。

2018年8月

七绝·
瑞士卢塞恩

琉森湖净白天鹅，阿尔卑斯叠峻峨。
秀映空澄云拂碧，廊桥古堡久穿梭。

2018年8月

七绝·
戛纳及影节宫

嘻嘻红毯踏台行，环海微风荡岸清。
丹顶白楼棕榈树，青山脚下看潮平。

2018年8月

七绝·

法国尼斯艾日小镇

地中海岸迥异风，小镇悬崖曲径通。
石屋藤墙仙人掌，荆丛花簇绕迷宫。

2018年8月

七律·

名古屋

春风舒绿踏芳晨，小院亭楼耳目新。
素朴精良生格调，自然清映有竹茵。
板烧料理承欢宴，茶道布丁飨味醇。
楚楚晚樱延客至，温泉流润濯风尘。

2016年4月于日本名古屋

七律 ·

横滨

宾朋相聚绿峰会，赞叹交流意可观。
山下公园花锦簇，横滨港岸落霞丹。
地标大厦登临瞰，海景摩轮俯绣峦。
珠翠之樽盘飨酒，珍肴玉馔饕餮餐。

2016年4月于日本横滨

菩萨蛮·

金阁寺公园

庭园翠映红杉艳，镜湖金阁春绿满。
香径漱清通，苇原池岛松。

含脉云来去，微过潇潇雨。
友谊伴钟鸣，夕佳人忆亭。

2016年4月

注：

　　似有若无的丝丝春雨中，喜多川先生陪同我们游览京都金阁寺公园、东福寺公园，他的渊博知识和不凡谈吐贯穿于游览的每一个环节，使得整个游览过程妙趣横生，之后我们来到先生家做客。

　　喜多川先生毕生致力于环保事业，对日本的自然环境保护及中国的环境污染治理均作出过贡献，虽然已经年过七十，他那健硕的体魄、敏捷的思维、风趣的谈笑，以及亲和的为人都让人回味和敬佩。

　　词中引用了京都金阁寺公园景观：庭园、金阁、镜湖池、苇原岛、漱清、和平钟、夕佳亭。

阮郎归·

岚山

竹林蹊径翠通幽，戢戢枝叶修。嵯峨花野渡月流，松樱枫锦稠。

山色黛，麓岚浮，潺沄闻鸟啾。翔丹飞阁隐宫楼，堰川人泛舟。

2017年4月

格律说明：

《阮郎归》（词牌名）双调四十七字，上下片各四平韵。下片第一、第二句为三字对句。

《词韵》第十二部，平声：十一尤独用。

注：

　　岚山是日本京都著名风景区，有"京都第一名胜"之称。位于岚山山麓的龟山公园。

　　词中引用了竹林小径、嵯峨野、渡月桥、大堰川、岚山景观名胜及岚山独特美景。

七绝·
东京

夜空璀璨东京塔，晨旭相迎浅草行。
丁目中央通银座，成田细雨话别声。

2017年4月

注：

  诗中引用了东京塔、浅草寺、银座（其中，银座共有 8 条大街，中央通贯穿一丁目至八丁目）、成田国际机场等东京名胜景点。

减字木兰花·
大阪城公园

巨石修砌，陡道城垣留古迹。青翠庭园，河绕楼台入画檐。

壮观巍峨，碧瓦层金天守阁。寻遍樱花，却见杜鹃落艳葩。

2017年4月

格律说明：

  《减字木兰花》（词牌名）双调，四十四字，每两句一转韵，共四仄韵，四平韵。

七律·
银座夜景

步行天国繁华地,魅力无双不夜天。
变幻霓虹光似雨,华灯熠烁彩如泉。
精良名贵和光店,三爱风格时尚先。
钟塔地标呈典雅,报时声震共和弦。

2017年4月

注:

诗中引用了被称作"步行者天国"的银座行人专区步行商业街,引用了被誉为银座标志的和光百货、和光时钟塔、三爱大厦等银座名胜及景观。

七绝·

吉隆坡

葱茏绿意仍伏暑，翠叶荣荣滤炽风。
紫艳妖红无秋色，炎炎四季雨盈充。

2017年9月6日于吉隆坡

注：

　　金秋九月，参加海外精英研讨会，入住吉隆坡君悦国际酒店，在三十一层大厅全方位俯瞰吉隆坡全貌。

七绝·

海上别墅

海上庭园楼踏浪，枕听潮汐梦闻涛。
轻帆云影云天阔。动静相宜渐月高，

2017年9月9日于马来西亚波德申

注：

　　马来西亚波德申市海上别墅式酒店，客房及客房内的游泳池同室外海景相连，面向一望无际的马六甲海峡，视野开阔，别具一格。

俄罗斯旅行诗四首

  无论从儿时翻看那本厚厚精装本俄罗斯风景画册的憧憬,还是稍大时沉浸在普希金童话诗里的遐想,抑或读的第一本长篇小说《钢铁是怎样炼成的》的思考,俄罗斯始终是伴随我们这代人成长过程无尽的向往、长久的期待。从踏上这次如愿以偿的旅行到返程脚踏祖国大地,对俄罗斯战斗民族,辉煌建筑,森林山川,辽阔土地,却难以用笔墨文字全部真切再现,词不达意,余尝叹息之……

七律·
俄罗斯之旅

有缘千里来相聚,神往之程俄罗斯。
巨贾精英成谊友,桑榆东隅无距离。
欢声笑语拓视野,屏气凝神探灼知。
山共水行余美满,风光万里乐安熙。

2019年8月10日

注释:

  巨贾精英:比喻商业大亨及成功人士。

  桑榆东隅:比喻年岁大及年岁小。

  安熙:安,指平安;熙,指高兴愉快。

题照

——俄罗斯旅行团十二对夫妻照

共赴约期行恰好,百年结伴是同心。
娥媚星汉郎如月,夜夜流光作赏音。
琴瑟合拍留倩影,玉箫偕共每情深。
千山万水如人意,胜却无数重惜今。

2019年8月7日（农历七夕）

注：

娥媚：代指女子（这里指妻子）

郎：女子称丈夫或情人（这里指丈夫）

睦：敬和也。

琴音：琴瑟和鸣，比喻夫妇情笃和好。凡音之起，由人心生也。声成文，谓之音。出自《礼记·乐记》。

玉箫：萧史乘龙弄玉吹箫故事，汉刘向《列仙传》。

胜却无数：金风玉露一相逢，便胜却人间无数（出自宋·秦观·鹊桥仙）。

踏莎行 ·

莫斯科谢尔盖耶夫镇

乡间小镇,密林深处,钟声悠远凝神伫。
苍穹金顶隐幽蓝,云楼古堡祥光著。

静谧安宁,教堂遍布,庄园木屋花墙墅。
行廊壁画铸先驱,虔诚信仰心灵渡。

2019年8月

格律说明:

《踏莎行》词牌名,双调,五十八字,上下片各三仄韵。上下片的首起两句宜对仗。

《词韵》仄声:上声六语七麌通用,去声六御七遇通用。

菩萨蛮 ·

莫斯科地铁

奢华夺目人如织,风格别致匠心异。
宝石嵌浮雕,水晶披丽霄。

堂皇音乐会,艺海卓丰沛。画栋宏图功,
多元融古风。

2019年8月

格律说明:

《菩萨蛮》词牌名,双调,四十四字,每两句一转韵,共四仄韵,四平韵。

织:仄声,【四寘】。

飞龙在天

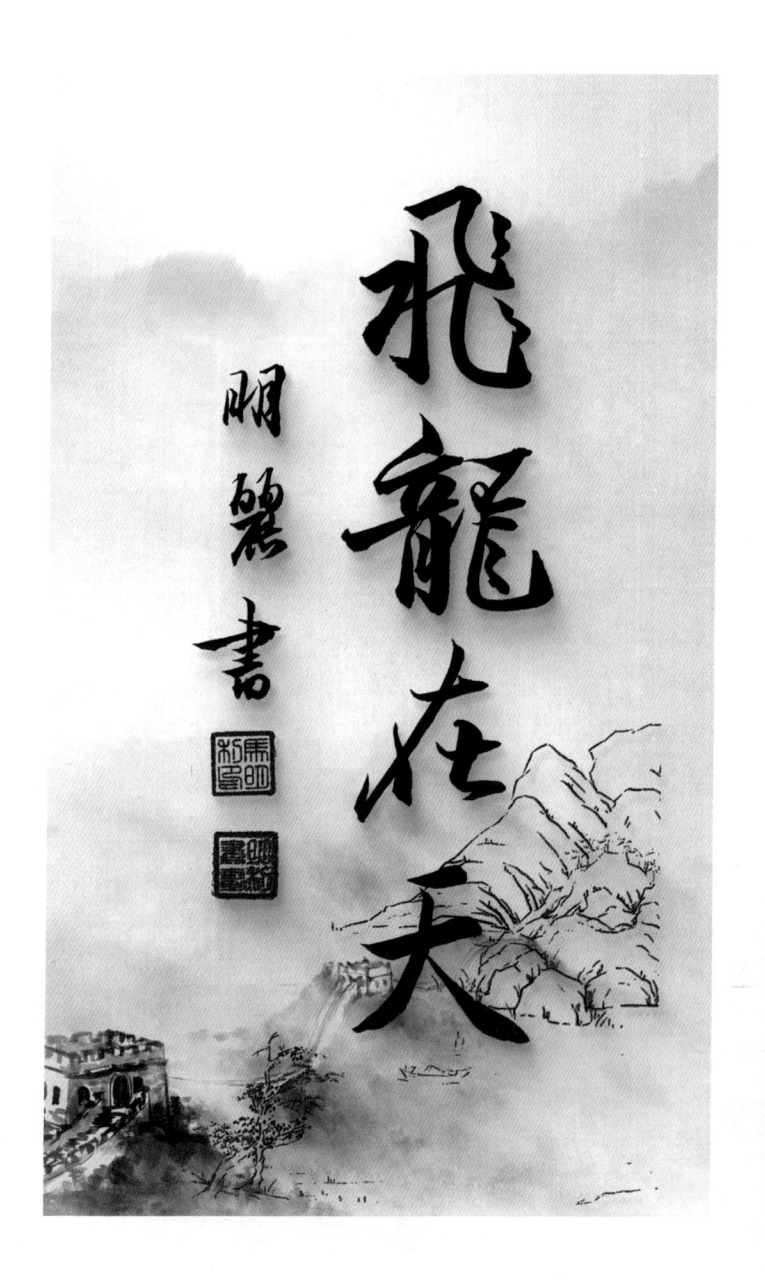

明骧 书

法国巴黎卢浮宫 2018.8

巴黎凯旋门 2018.8

莫斯科凯旋门
2019.8.4

莫斯科
谢尔吉耶夫镇 2019

客路青山外
行舟綠水前
潮平兩岸闊
風正一帆懸

唐王灣次北固山下詩 明馨書畫

莫斯科
米其林餐厅图兰朵
2019.7.31

260

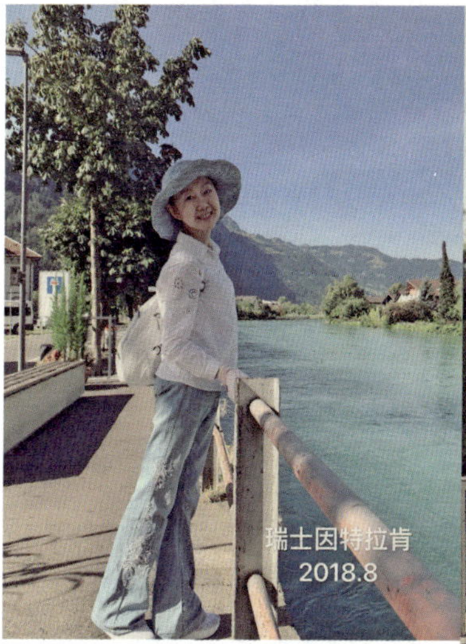
瑞士因特拉肯
2018.8

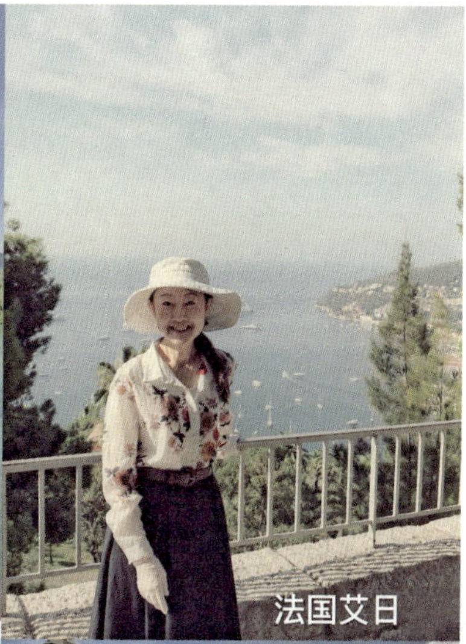
法国艾日

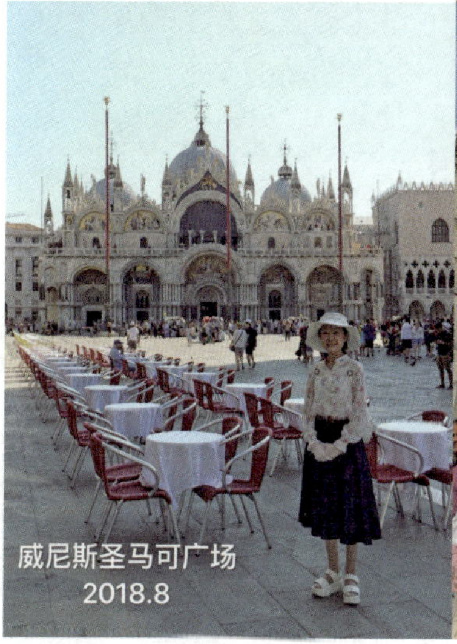
威尼斯圣马可广场
2018.8

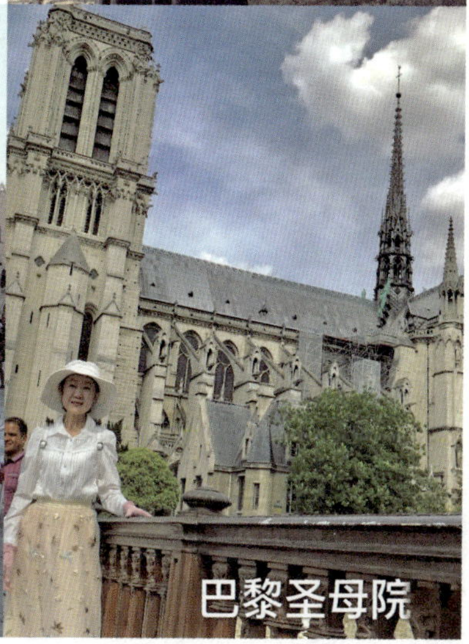
巴黎圣母院

俄罗斯
圣彼得堡夏宫
2019.8.1

莫斯科
谢尔吉耶夫镇
2019.8.3

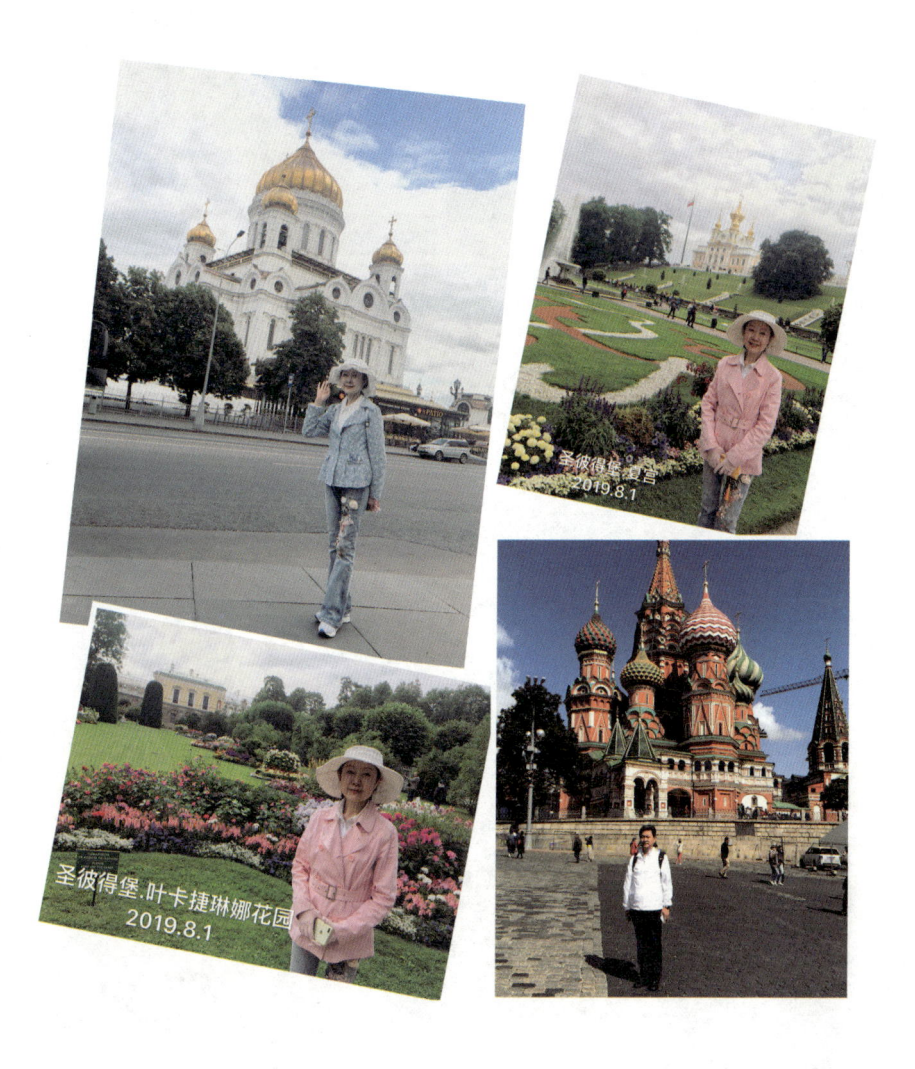

圣彼得堡.叶卡捷琳娜花园
2019.8.1

圣彼得堡夏宫
2019.8.1

卢浮宫
2018.8

卢浮宫
2018.8

威尼斯 2018.8

莫奈花园 2018.8

法国戛纳 2018.8

巴黎蒙帕纳斯大厦
2018.8

瑞士因特拉肯
2018.8

法国里昂
2018.8

巴黎左岸
莎士比亚书店
2018.8

法国巴黎凡尔赛宫
2018.8

巴黎艾菲尔铁塔
2018.8

第十一章 青春足印

诗词

满庭芳·

书香

质素源泉,岁华芳迹,融会卷墨相宜。视通千里,穿越古今时。历览深读不厌,义自见、汲取学知。解明辨,以文观己,开悟每深思。

平实,高贵气,兰章仙馥,清雅风仪。祖述躬行赋,转益多师。与你倾心为伴,真善美、一以贯之。书香溢,求真正志,见贤必思齐。

1999年5月

满江红·

青春万岁

无畏前行,思往事、也谈在昔。言相顾,几经磨炼,荒滩戈壁。年少青春奔海岛,韶华锦瑟山乡历。赴兵团、屯垦戍边疆,留足迹。

怀理想,梦如织。凌壮志,豪情激。闯艰辛困苦,可歌如泣。荏苒光阴人亦老,蹉跎岁月非凡日。共和国、载历史篇章,书功绩。

2008年12月

格律说明:

《满江红》(词牌名)仄韵体,入声韵,双调九十三字,上片四仄韵,下片五仄韵。上下片两组七字句用对仗,下片前四句用两两对仗。

《词韵》第十五部,入声:四质十一陌十二锡十三职十四缉通用。

如梦令

锦瑟春华足迹,几度经年去日。岁月荏苒间,已是秋实旋即。伊昔,伊昔,如梦如烟点滴。

2015年4月

格律说明:

《如梦令》(词牌名)三十三字,五仄韵,一叠句叠韵。此词入声韵,词韵第十五部,入声:四质十一陌十二锡十三职十四缉通用。

七言绝句

相见离颜徒奈何,难逢一醉且无多。
举樽执手千杯少,珍重声随曲共歌。

1988年1月

念奴娇·

当你老去

当你老去,静听于树下,花的声息。漫溯时光深邃里,掠过经年回忆。无悔青春,汗盈沃野,见芳华足迹。战天斗地,激扬豪迈历历。

驰目飘逸星辰,斑斓跃动,经久别来日。逐一容音随梦影,书素承说难即。感遇良师,前行知己,曾共心诚必。绎如牵记,万千寻履初昔。

2015年4月30日

格律说明:

《念奴娇》(词牌名)仄韵格,正体。双调一百字,上下片各四仄韵。(此词非苏轼《念奴娇》"大江东去"体)入声韵。

《词韵》第十五部入声韵,四质十一陌十二锡十三职十四辑通用。

散文随笔

怀旧之旅一·
青春足印

　　谨以此回忆录献给那一位位让我永远怀念的，我知道姓名和不知道姓名的师长们！是他们无私的爱心、感人的帮助、全力的教导和正确的指引，才使我能够始终坚定地走在正确的人生轨道上。

——题记

（一）

今年金秋时节，我回到了阔别三十多年的"科研"，在这座标志性的灰色科研大楼前，我徘徊许久。楼前曾经的花坛、草坪、树木，远处的田野、江岸、公路，楼内空旷的大厅、一楼各业务科室、二楼各行政科室、资料室、我曾经的办公室、三楼的宿舍、会议室、招待所、四楼的大礼堂、乒乓球台……如此寂静地再现于我的面前。这一扇扇门，一间间房，一条条路，一丛丛树都镌刻着难以磨灭、栩栩如生的往事，珍藏着温暖亲切、深情思念的记忆。它们静静地守望在回忆的起点，穿越于岁月时光的更迭之间。只因这里凝结了一段难以忘怀的人生经历，记述了几多充实丰沛的青葱岁月。

几十年前的那些往事虽已走远却清晰如昨。那年冬天，我同齐齐哈尔一部分知青被招录到正在筹建生产多晶硅的工厂，工厂坐落在科研附近，已经筹建两年有余。科研位于齐富线公路旁，距离齐齐哈尔六十公里、距离富拉尔基十公里处，是嫩江地区农业研究所、嫩江地区畜牧研究所、嫩江地区农业机械研究所和嫩江地区林业研究所的所在地，也是科研地名的由来。

在那冰天雪地的筹建工地上、厂房里，我们在艰苦卓绝的劳动中，满怀着青春理想、壮志激情，以毫不畏惧的拼搏精神夜以继日地从事着繁重劳动。"天寒地冻不觉冷，热血能把冰雪融"是我们的真实写照，不怕苦，不怕累，不怕脏，不怕危险，争先恐后，勇往直前地劳动、劳动、再劳动。三九严寒里，我们抡镐举锤、铆焊锻锯，手掌被磨出了一个个血泡，手背裂开了无数的口子。头发被有毒气体熏得如同枯草，皮肤被毒气熏得苍白如纸。由于缺乏经验，我们的眼睛常被电焊弧光打得疼痛难忍而彻夜难眠。工作服被飞溅出的化学液体烧出许多小洞。所有的困难都不能阻止我们激扬的热情和冲天的干劲。

工厂试运行后事故不可避免，深夜，只要事故的报警汽笛鸣响，我们便毫不犹豫地从睡梦中爬起，以最快速度飞奔向工厂，然后奋不顾身地冲进毒气四溢的事故现场，抢救仪器设备，抢救国家财产！

淑春，每当事故过后，你就急切地找到我，拉着我的手说，你又是第一个冲进去的？我总是笑着点点头，你说，咱俩总在一起，下次我和你一起进去！我说，你不能往里进，里面全是浓烟毒气，什么也看不见，而我是这一岗位上的，知道各种仪器的位置，也知道关什么闸、按什么键。一起值班的师傅也会一起冲进去，我们熟悉事故现场，你可千万别进，和大家一起在外面等着我们。

那时我们几十个女生住在一间很大的宿舍里，我俩的床铺紧挨着，无论是劳动时间还是收工之后，无论去食堂吃饭还是回宿舍休息我俩总是形影不离。后来工厂投入生产后，我们便开始三班倒，有时我上夜班，而你则是上白班，如果哪天我上白班，你下夜班后不睡觉跑到班上去看我，大家都开玩笑说，你俩像亲姐妹，就拜个干姊妹吧。我们俩就在休息日去富拉尔基照相馆拍了合影，第二年在你的提议下我俩又拍了第二张姐妹照。

直到今日,那两张照片我依然保存完好、永久收藏在我的老相册里。

一年后,多晶硅厂执行国家统一调配宣布停产,我们分别被分配到了科研的四个研究所,研究所隶属于黑龙江省农科院,每个研究所下设农场,农场的职工由原有的老职工和当地知青组成。

(二)

淑春,当听说我俩都被分到农研所时,我兴奋不已,庆幸我们仍然可以朝夕相处、欢呼我们仍在同一个宿舍。我们的住宿条件得到了彻底改善,农研所三楼朝南的六个房间就是青年宿舍,你、我、荣香和澄花被分到了同一个房间。除两间女生宿舍外其余均是男生宿舍。接着就是安排我们的工作,大家分别被分到水稻、高粱、玉米、谷子、大豆、杂粮和果园,你和荣香以及几名男生被分到了果园。而我被分到机关做文书兼打字员工作,这样的安排让我始料不及,我们一起来的兄弟姐妹中,只有我一人在机关大楼里工作,其他人却要每天下田,在风雨中劳作,我当时的心情很难表达。当所长在办公室谈话宣布这个决定时,我很吃惊,随即问领导,怎么只留我在机关,老所长慈祥温和地笑着说,从这批年轻人中(其中包括几十名转业军人)选出一名留在机关工作,是原多晶硅厂领导班子推荐的你。

我的工作除了做文书兼打字员外,还要负责所里每月两期板报的起草和编排出版,以及团支部工作。在一位老同志(我称她付姨)的引领下,我第一次走进这间办公室。办公室在二楼左侧朝南第二个房间，隔壁两侧分别是财务室和计划科，对面是资料室，二楼还有许多其他行政科室。由于机关大楼中的工作人员均为三四十岁以上的老同志，我当年十七岁，就称其他科室的老同志为老师、阿姨或师傅，自那以后的岁月中，老师、阿姨和师傅们给予了我无微不至的关怀和帮助。

那时的打字机，是利用手柄杠杆方式将字盘上的长方形铅字衔起打在一种特殊油质印纸上，手柄衔起一个铅字，即在印纸上打印出一个汉字，就这样推动手柄不断地找字、敲击而完成印纸的打字。接着还要将打好的印纸放在油印机上印出成文材料。即将印纸平铺在油印机的纱网上，拿着均匀地涂上油墨的滚筒，在纱网上滚动一次即印出一张文件。

打字机常用字盘共装有2000个铅字，不常用字盘（1000字）放在一旁备用，对常用字盘中铅字位置的熟知程度，便决定了打字速度，而打字用力的均匀程度则决定了打出的这张印纸能油印出材料的份数。打得不好只能油印出不超过百份，如果打出的印纸用力均匀无破损且掌握好油印技巧，即可印出多达300份。

明白了这些道理，我开始了第一步攻关，背字盘。我把常用的千余字分成几组，以组为单位抄写成卡片随身携带以方便背诵。很快常用字盘的铅字排列位置我已经倒背如流。打字速度迅速提高，不到两个月的时间，我不但能够以飞快的速度打字，而且能够娴熟地将打好的印纸油印出要求的份数。

文书工作中有一项任务，即负责单位和个人报纸、杂志的征订和收发工作。由于是研究机构，每个科室、每位研究人员都会订阅与其各自研究方向有关的杂志、报纸，等等，科目繁杂，数量众多。征订的工作是每年中及年末，而收发工作则是每天必做。我注意到畜研所曾经发生过，因打字任务繁忙顾不上分发当日已到的报刊而丢失的现象。我就同送报刊的张铎江师傅协商，把报刊到达的时间推迟到中午午休时间，这样，可利用午休时分发好当天的所有报刊，所以，在我负责报刊收发工作期间从未出现过任何疏漏。

农研所对每月两期的板报很重视，主要是报道所内、农科院及国内外各种农作物的科研动态、成果，新品种的推广情况，政治宣传，以及文学艺术诗歌散文，等等，它是大家工作之余活跃气氛的一方趣地。

为了在不影响其他工作情况下把板报的内容做得丰富多彩，板报整体做得美观漂亮，我完全是利用晚间来完成板报的编写工作。每到月初和月中的某一天早晨，新一期的板报就会出现在前来上班的众人面前。这期间，板报前就会围满人，每天还有很多从畜研所、农机所和林研所专程前来看板报的人，大家兴致盎然，议论说笑，同时也不时地赞美着，很是热闹，非常有趣，在那个文化生活贫乏的年代，板报竟然为大家增添了无限乐趣。

（三）

随着工作学习日益繁忙，我和宿舍姐妹们在一起的时间越来越少了。尽管我们住在同一宿舍，但我经常在办公室工作到很晚，即使没有打字材料，也需要起草下一期板报。很多时候我也利用晚间时间在那里看书学习，所以每当我深夜从办公室回到宿舍时，姐妹们都已经熟睡了。清晨我又早早地起来去办公室处理昨天晚上尚未完成的事情，而那时姐妹还没有起床。是的，大家每天在田间劳动强度大，需要好好休息。那期间，我们宿舍有个约定，即为了照顾每天早走晚归的我，所以宿舍从不插门，不插门睡觉也成了我们宿舍之外无人知晓的秘密。对宿舍里亲爱的姐妹们对我的理解和支持，直到今日仍觉温暖、仍怀感激。

　　淑春，曾经的同甘苦共患难使我们生出深厚的友谊和亲密的感情，这种纯洁的友谊和真实的情感让我思念。那时，如果几天没有见到，你就会在晚上到我的办公室来，给我讲田间或果园里的事情，秋天，你从果园里带回一串葡萄或者几个沙果给我，我喜欢白色的那种沙果，酸甜适中，非常好吃，第二天你就再从果园摘几个带回来。我俩在一起总是有说不完的话，海阔天空什么都说。你喜欢散步，我也喜欢，我们经常在晚饭之后去近处花坛周围或者远处的江边走走，边走边聊，我们手拉着手，说说笑笑直到夜幕降临。

　　在农研所业务科室工作的研究人员和工作人员，均为国内重点农业大学毕业的老一代知识分子，他们朴实率真，诚恳热心，博学笃行，才华横溢。同他们相识相知，在他（她）们的关爱呵护下工作是我今生最大的幸运。他们那种孜孜不倦的钻研精神，实事求是的敬业态度，平实无华的精神境界，谦和温良的高贵人格时时陶冶启迪着我，他们的耳濡目染对我影响至深，他们的榜样示范让我受益终身。

在他们的鼓励引导下，我开始了有计划、有目的、系统的文化课学习，主要学习语文、数学、英语，等等，晚间学习遇到了不懂的难题，次日白天就请教老师们。老师们完全是凭着记忆抄写了一篇篇古文、古诗词送给我。刘百韬老师写了一份完整的《三字经》并为我讲解文中的意思和典故。刘希文老师经常将她熟知的古诗词工整写下送给我，同时讲解诗词的意义，讲解诗词的韵律平仄关系，我从那时开始了解和喜欢古诗词的。刘百韬老师和刘希文老师字写得非常棒，欣赏他们的字是一种享受。刘若愚老师为我解答我遇到的数学难题，使我能够攻克一道道数学难题，完成高中数学教材的学习，为日后上大学奠定了基础。杨立新老师则是我的英语启蒙老师，他教我英语的发音、讲解语法，等等，还有随时解答农业科技知识的老师。

当打字机出故障不能打字时，杨林老师利用午休时间修理打字机，连中午饭都顾不上吃。姜文治老师听说食堂每天吃的玉米面发糕里有虫子，多次去食堂同有关人员反复协商解决（姜文治和杨林分别是政工科的正副科长，现在称人事科。）

生活上的关心关爱，工作中的鼓励和支持，学习上的指导和帮助，农研所的领导、老师、阿姨们给我以太多的温暖、感动、美好和幸福。

那个时候，只要哪位阿姨家里做好吃的，就会装在饭盒里带给我。付姨家的熘排骨，张姨家的油炸糕，曲姨家包的粽子，王姨家的黄米面黏糕都是我爱吃的，虽然离家在外很少回家，却可以时常体验到家的味道，农研所的阿姨们始终让我感受着家的温暖。

付姨教会我怎样做棉裤，按照付姨教给的手艺，我为自己做了薄棉裤、中棉裤和厚棉裤。付姨还告诉我开春以后，把棉裤拆洗干净再重新做好，我都按照她的要求做了。

（四）

每年三月上旬至六月初是春耕农忙时期，春耕非常重要，被列为工作的重中之重，是关系到当年研制试验的新品种能否尽快转化为成果上报，进而在国内外推广的一个关键环节。机关大楼里的干部都要下地参加春耕劳动，但是特殊部门、财务人员、打字员如果工作忙可以不去春耕。我想，到田间参加春耕是实践机会，同每天打印大量的农业研究资料相结合，也是身为农研所的一员，学习农研业务的极好机会。而且，春耕过程中涌现的感人事迹，好人好事都可以及时变为第一手资料在板报上刊登，为了做好春耕的宣传工作，还要增版增刊，这更需要丰富多彩的内容，我决定利用晚间处理日常工作，白天下地参加春耕劳动。

春耕农忙季节里，为了确保白天能够下地干活，我把所有的工作都放到晚间来做，每天工作到下半夜再回宿舍睡觉，偶尔也会忙到忘记了时间，当看到窗外太阳升起，才知道已经是第二天早晨了。

黑龙江早春的田野，北风怒吼，飞沙走石。我和伙伴们一起走在从食堂去往地里的路上，一阵阵狂风迎面刮来，夹杂着沙土打在脸上、身上，我们只能眯起眼睛或者闭上眼睛低着头、顶着风艰难地往前走。我惊奇地发现，人竟然可以在走路时睡觉，从食堂走到地里这几十分钟的时间，我经常会迷迷糊糊地睡着，当到了田间地头，睁开眼睛顿觉浑身充满力量。我异常惊喜和感激人体这种自我保护和调节功能，它让我能够在那段艰难特殊的繁忙日夜里坚持了下来，一千多个日日夜夜，我不但利用晚间圆满出色地完成了本职工作，也从未间断白天下地参加春耕劳动。

春耕农忙的三个多月我没有回过一次家，齐齐哈尔知青伙伴们每到星期六晚上或星期天早上回家的队伍中少了我，我把所有的星期天都用在了工作上。

我的努力和认真工作，受到农研所各个科室部门同志们和领导的一致好评。大会小会的表扬声不断，连续被评为季度、年度先进工作者，优秀共青团员，甚至各农场的知青们还发起了向我学习的活动。有时我也会按照要求去会场介绍经验、讲话什么的。每到这些时候我很为难，觉得没有什么可讲的，在农研所，每天辛勤工作、默默奉献的人非常多，他们才是我学习的榜样。我希望做老师们那样普通平实的人，用自己所掌握的知识为祖国和人民做出奉献。

夏天到了，又到了吃香瓜的季节，农研科技人员研种的"铁把青"香瓜酥脆蜜甜，好吃极了。三个多月没有回家的我也在那个星期六的傍晚和伙伴们一样，每人扛着一面袋子"铁把青"香瓜往家赶，浩浩荡荡的扛面袋子队伍很是好笑。我们几乎把齐富线公路的长途汽车给包下，只见车上全是我们知青和装满香瓜的面袋子，车厢内也因此充满了浓浓的甜香气味。以往如果不拿香瓜，我们是不乘长途汽车的，而是去富拉尔基坐火车。因为从科研至齐齐哈尔票价为七角钱，富拉尔基至齐齐哈尔的火车票价才一角五分钱，所以我们通常是坐火车回家。

长途汽车到达市内后，住在市内的伙伴们很快就会到家，我则要再倒两次公共汽车到终点——车辆厂站下车后再走几公里，这段路程不通公交车只能步行。

（五）

20世纪70年代，我们全家下乡从大连来到齐齐哈尔铁峰公社东四家子生产队，即四家子屯。生产队为我家在屯子中间位置我大爷家旁边盖了三间土坯房，房子的东西两间屋住人，中间过堂屋不住人，是烧火做饭的地方，有炉灶、水缸、农具什么的，那个时候爸爸、妈妈每天都去生产队里下地干活。到了冬天屋里四面的墙上结满了厚厚的一层冰霜，我们戏称家里是水晶宫。屋里很冷，晚间睡觉都得戴上棉帽子，穿着棉衣棉裤再盖上厚厚的棉被。由于爸爸妈妈都不太会烧火炕，前半夜火炕烧得挺热，到了后半夜炕上就冰凉了。

我们下乡来四家子时，爷爷已经去世，奶奶六十多岁，那是我第一次见到奶奶。奶奶一生吃苦耐劳，非常能干，身体强健，性格开朗，那么大岁数的人了，走路腰板挺直、快步如飞，家里活、地里活什么都干，让人由衷地敬佩。刚到农村我不会挑水，是奶奶教给我怎样到井边把水打上来，再怎样用扁担挑着满满的两桶水从井边走到家里而不把水洒出来。在我们还没有学会挑水的日子里，奶奶每天早晨都为我们全家人挑上满满的一缸水。感谢勤劳善良、可亲可敬的奶奶。

奶奶平时不苟言笑,在她那硬朗坚毅的面容下有着慈悲柔软的心肠。奶奶空闲时会给我们讲述她曾经历过的事情、曾发生过的事件,奶奶细心描述,娓娓道来,通过奶奶复述的无数动人故事中,让我们看到了人性的真善美、假恶丑,见证了生活的艰辛不易、苦乐参半,懂得了人生无常世事难料,在奶奶看似平常的故事中,总会有深奥的哲学道理让人领悟,引人思考。奶奶有句口头语"可怜见儿的",其中包含了她对人、对不公平事情的同情、怜悯之心。每当我遇到危急时,奶奶总是奇迹般地出现并毫不犹豫地挺身而出把我护在她身后。很多年来,奶奶护卫我高大威仪的形象如挺立我心中的女神,时常把我带入对她老人家深深的怀念之中。感恩、怀念我亲爱的奶奶,您永远是我心中的女神。

(爷爷奶奶同儿女子孙们的合影)

很小的时候我见过爷爷,那是三年困难时期,爷爷非常惦记我们、从遥远的齐齐哈尔来到大连,那年爷爷已经六十多岁。我记得他背着一个大大的麻袋,由于装得满满当当的麻袋非常重,他背麻袋弯腰成九十度的姿势走路及上楼,爷爷的脸上、额头上全是汗水,进屋后当爷爷把麻袋从背上拿下重重地放在地上的同时,原本扎紧的麻袋口松开了,里面的东西滚落满地。我第一次见到这样硕大的土豆,也是第一次知道茄子还有圆圆的,还有浅绿色的。大头菜也大得出奇,还有大大的玉米棒,大大的青椒,所有的蔬菜粮食都肥大壮硕。从那时起我知道了黑龙江北大仓,那里是粮仓,是爷爷奶奶生活的地方,是我们的家乡。

爷爷异常帅气英俊,剑眉下深邃的目光依然炯炯有神,是我今生见到最有风度的老人。他幽默风趣,非常喜欢开玩笑,和爷爷在一起的日子里,我们每天都笑到肚子痛。我每天跟在爷爷后面跑来跑去。爷爷喜欢看海看山,我们就和爷爷一起去老虎滩、星海公园,还去照相馆同爷爷拍了合影。

那天我们在欢声笑语中乘长途汽车到达了市内。大家都要送我,为了不麻烦伙伴们,我就谎称下了汽车后会在车站遇到回生产队的马车,坐马车就可以回家了,大家都信以为真各自回家。当我又倒过两次车,坐着当天的末班车在终点车辆厂站下车后,已经是晚间八点多了。夏天晚上八点钟,天还不算太黑,但是这条原本就很偏僻的路上已经看不见一个人影,我扛着一面袋子香瓜独自走在这条安静的路上。三个多月没有看见家里人

爷爷来大连时同爸爸、我及妹妹们合影

了，急切的心情让我不觉得累和害怕。

  正在这时，我看见一个黑点由远而近风驰电掣般地狂奔而来，转瞬间我已经能看清了，一条全身金黄发亮脖子有圈雪白毛环绕的漂亮小狗直冲而来，是"小白脖"！我高兴地大声喊着，小白脖！小白脖！小白脖兴奋地在我面前又蹿又跳，高兴地舔着我的衣服、手和脸，围着我转着圈，一会儿跑，一会儿窜，一会儿又扑向我。小白脖是我家的狗，聪明可爱非常懂事机灵，同我和家里人感情深厚。每当我从科研回家在车辆厂站一下车，小白脖便会知道，随之飞快地从几公里之外的家里跑来接我。我回科研的时候，小白脖也会跟着我到车站，直到我上车它也不走，汽车开动后，我就对它喊道，小白脖,快回家!别走远了!见到汽车走很远了,它才往家的方向跑去。

(六)

农研所除我们这批从齐齐哈尔来的知青外,还有很多当地知青,我们常在一起开会、学习,以团支部的名义请业务科室的研究人员为我们讲理论课,请农场老师傅讲实践课,大家学习踊跃,每次听课会场总是满满的,座无虚席,学习气氛很浓。

每年春节前,科研四所都要联合起来举行春节联欢晚会,联欢会热闹非凡,四个所的职工及其全家老少都来观看。联欢晚会上以四所团支部为主角的文艺演出是联欢会的主要内容。农研团支部当然不甘示弱,从年初我们就开始了乐器的练习。

在几位精通乐器老师(农研所科研人员)的参与指导下,农研团支部组成了一支以单身宿舍知青为主的乐队。农研所为每个人都配上一种乐器。我们宿舍的淑春打扬琴,袭荣香吹口琴,澄花拉手风琴,原本大家推选我拉小提琴,但是,为了节省时间,我选择了简单好学的月琴,而那把漂亮的小提琴,大家都唯恐难学而一直闲置无人问津,十分可惜。平日晚上我们各自练习自己的乐器,当一首曲子练得差不多时,我们就在某个晚上一起去男生宿舍练习合奏,即刻鼓乐齐奏,震动大楼,还好楼里的人都下班回家,只有我们在演奏乐器。

春节联欢晚会上,农研团支部演出的节目非常成功,我们农研所团支部的乐器合奏;《红灯记选场》;舞蹈

《十八棵青松（沙家浜选段）》等都赢得热烈的掌声。从那以后，每走在科研一带的路上，我的身后就会跟着一大群小孩子，他们在我后面紧追不舍一边奔跑一边齐声喊叫：李铁梅！李铁梅！李铁梅……

感谢在我生命旅程的每个重要路口所遇到的好人、贵人、引路人，那一位位让我永远怀念的，我知道姓名和不知道姓名的师长们！是他们无私的爱心，感人的帮助，全力的教导和正确的指引，才使我能够始终坚定地走在正确的人生轨道上。

感谢我初中的化学老师，他是我们年级的教导主任。

当年我家下乡到齐齐哈尔后，我转到了齐齐哈尔第十四中学。由于大连的初中不开化学课，化学课需要从头学起，化学老师担心我的化学成绩会影响全班成绩，就有计划地单独为我补课，经过几个月的努力，我不但没有影响班级的成绩，而且化学考试成绩一直位于班级前几名。因此化学老师对我印象极深。

按照当时的政策规定，初中毕业后农村的学生均回乡务农。老师觉得我这么小的年纪就回生产队干活很可惜，他便竭尽全力地为我联系继续上学的机会。他获知齐齐哈尔车辆厂技校要恢复招生的消息，一直奔波不停地为我争取和联系，但是技校的招生计划当年没有被批准，需要等到下一年度。老师又想办法争取其他机会，课余时间他不知跑了多少路，进了多少部门，费尽周折、几经反复，终于为我争取到科研多晶硅厂的一个宝贵招工名额。

这些感人至深的无私帮助，我却完全不知情。几年

2015年10月3日，在当年的科研食堂前，我同年近八旬的杨林老所长正在回顾往事。

科研大楼一角

之后，老师又成为妹妹的化学老师和年级教导主任，他见妹妹和我的名字很相近，就问妹妹，你是否有个姐姐在科研多晶硅厂上班，妹妹告诉老师，姐姐已经上大学了。老师才把他是怎样艰难曲折为我争取去科研多晶硅厂的原委告诉妹妹。很多年后，当妹妹想起这件事情，在电话里向我详细复述这一消息时，我顿时心头一震，才恍然大悟为什么在毕业回农村几个月后又被招工去了科研。

　　向我的恩师致以最崇高的敬意，尽管我再也没有见到敬爱的师长而终生遗憾，但他高尚的师德和纯然的品格，让我获得的那份不带有任何企图和功利的感动却时刻珍藏在我的心底，成为永驻心灵之巅的美好，永载记忆之谷，这份真挚的情意是我心中永远的怀念！

感谢当年那个曾经刻苦努力，奋斗拼搏的我，正因为有了那个我，才成就了今天这个充实、自信的我。

后记

上大学期间，每到寒暑假，我都会回到科研住几天，大学毕业后因工作繁忙等原因就再也没有回去。

后来，慈祥和蔼的张福老所长调往省农科院任职，同付姨及其他家人在哈尔滨定居。杨林老师任农研所所长，如今杨林所长仍然在科研居住和生活，已年近八十的他体魄健康，神态矍铄。刘百韬老师回到了他的故乡湖北，在湖北沙市一所大学任校长。刘希文老师也回到故乡吉林延吉市，在农学院任教。杨立新老师在农研工作直到退休，如今在富拉尔基和他的儿子一起生活安度晚年。我的闺密，最亲密的伙伴吴淑春因病去世。刘若愚老师因病去世。姜文治老师因病去世。张姨退休后住在齐齐哈尔市她女儿家安度晚年。曲姨在哈尔滨定居。王姨定居北京。同宿舍的伙伴荣香和澄花均回到齐齐哈尔居住和生活。

2015年11月于大连

懷若竹虛臨曲水
氣如蘭靜在春風

胡麗 書

散步
——写给淑春的信

亲爱的淑春，好久不见！

用这声好久不见，代替我万语千言！

你喜欢散步，我也是。因为在我们相互见证了彼此最美年华的青春岁月里，我俩曾亲密无间和形影不离。我的爱好就是你的爱好，而你的爱好也成为我一生践行的习惯。

无数个日暮黄昏我们携手并肩的身影时常浮现，兴奋不已时我们散步，痛苦无助时我们散步，春风拂面时我们散步，漫天飞雪时我们踏雪前行。回首往事，有我们逝去的光阴，也有我们的理想和追求。

虽然已经是很久以前的事了，那个年代喜欢用"战友"称呼两人之间的志同道合、亲密无间。我们相识相知的机缘，情同手足的日子，总是让人在苍茫的人世间，由心底涌起真切的感动和回忆。那时的我们随着社会大潮离开家门初踏社会，年少懵懂、稚嫩无助。在情绪低谷和风云突变的瞬间总能握得到你温情的手，望得到你含笑的眸，刻烙下不曾褪去的痕迹常驻心间。后来你我各自一方，好久不见，你始终是我心底那个许久未见却始终挂念的人。

你的欢笑声中有我，我的眼泪中有你。那草甸上的打闹，朝霞里的奔跑，江岸上的漫步及月夜下的细语，都描述着我们成长走过的路程，生命留下的印记，岁月流淌的情感，风雨不弃的陪伴，此时此刻均在我思绪中沉淀，凝聚为今生深念的永恒。

　　淑春，如今我仍然保持散步习惯，喜欢在步履节奏中唤起的那些纯粹与美好。有的时候也会深深陷入那个年代里我们的曾经，在冰天雪地世界里结下的真挚友情。

　　周日有时间且天气较好，我和家人就去散步，习惯走几处景色宜人的木栈道。有观山看海、风光无限的大连滨海路木栈道；秀美多姿、清丽静谧的大连棒槌岛迎宾路木栈道，视野开阔、湖光岛映的大连西山湖公园木栈道。这里的景致随四季的变化而不同，春天百花盛开，风中弥漫着芳香，多姿绚烂。夏天绿树成荫，湖水衬着朦胧月色，浸透清凉。秋天层林尽染，远山近树皆华彩，韵味高远。冬天银装素裹，雪后宛如童话世界，空灵浪漫。

　　喜欢大雪过后的西山湖公园木栈道，沿着已被冰雪覆盖的木栈道，要小心慢慢行走，以防滑倒。走在这里仿佛置身于神秘仙境的边缘，一侧是车驰人流的都市，另一侧则是广袤洁白、玉砌冰雕的无瑕境地。体验如仙境般的深沉和寂静。放眼望去，远处或许有人影移动，或许除了你和家人之外再无旁人，静静地走着走着，似乎已经融于这雪明如洗的自然之中。

　　淑春，尽管你已经看不到这些景致，不能来这里亲身体验了，我却仍然想在炎炎夏日同你诉说隆冬冰雪，只因和你一样，我们从冰雪中走来，喜欢回眸严冬那种对冰天雪地的敬畏之情，总觉得晶莹剔透的冰雪中蕴藏着无限的内涵与圣洁，相信其中也必定升华出人世间纯洁无瑕的真挚情谊。

明利
2013年夏天得知淑春好友病逝痛哭写于大连

说点往事

安连,还记得今天的日子吗,4月10日。1970年4月10日,我们全家人下乡在火车站准备上火车,你们全家人也下乡准备登上开往另一方向的火车,我们两家人在大连火车站不期而遇。

我很惊喜会在这个时候同你相遇并告别,因为几年前我俩无论在学校里还是放学后总是形影不离。我们都笑得很灿烂,寒暄着然后挥手道别。这种情形以及当时那种不舍的眼神,使我终生难忘。在远离大连的十七年中,这段往事我常常念叨给家人及亲友听,以致后来每当我再要说起时,丈夫总会接过话来,把我想要说的一字不差地背一遍,于是我笑得前仰后合。

到农村两周后的一天,我收到几乎满满一书包大连同学的来信,后来这四五十封信都被打湿,因为那天夜里我一直在哭。感谢那曾经的往事,它使我有了最初的人生经历,感谢今世所有的人生经历,它使我们变得坚强。

2015年4月10日

冰雪林中著此身
不同桃李混芳塵
忽然一夜清香發
散作乾坤萬里香

明鸞 書

旭日東昇
明利

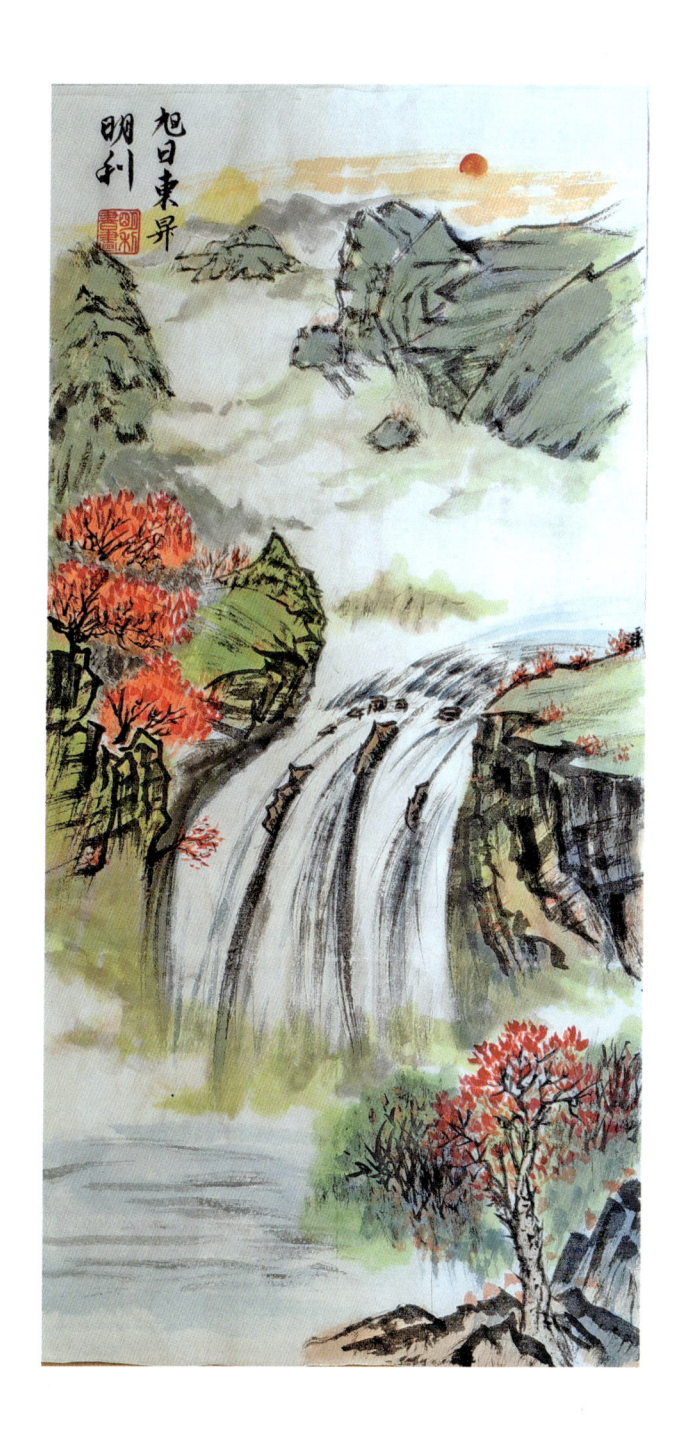

春江潮水连海平　海上明月共潮生
滟滟随波千万里　何处春江无月明
江流宛转绕芳甸　月照花林皆似霰
空里流霜不觉飞　汀上白沙看不见
江天一色无纤尘　皎皎空中孤月轮
江畔何人初见月　江月何年初照人
人生代代无穷已　江月年年望相似
不知江月待何人　但见长江送流水
白云一片去悠悠　青枫浦上不胜愁
谁家今夜扁舟子　何处相思明月楼
可怜楼上月裴回　应照离人妆镜台
玉户帘中卷不去　捣衣砧上拂还来
此时相望不相闻　愿逐月华流照君
鸿雁长飞光不度　鱼龙潜跃水成文
昨夜闲潭梦落花　可怜春半不还家
江水流春去欲尽　江潭落月复西斜
斜月沉沉藏海雾　碣石潇湘无限路
不知乘月几人归　落月摇情满江树

明馨题

2019.4.连海书院

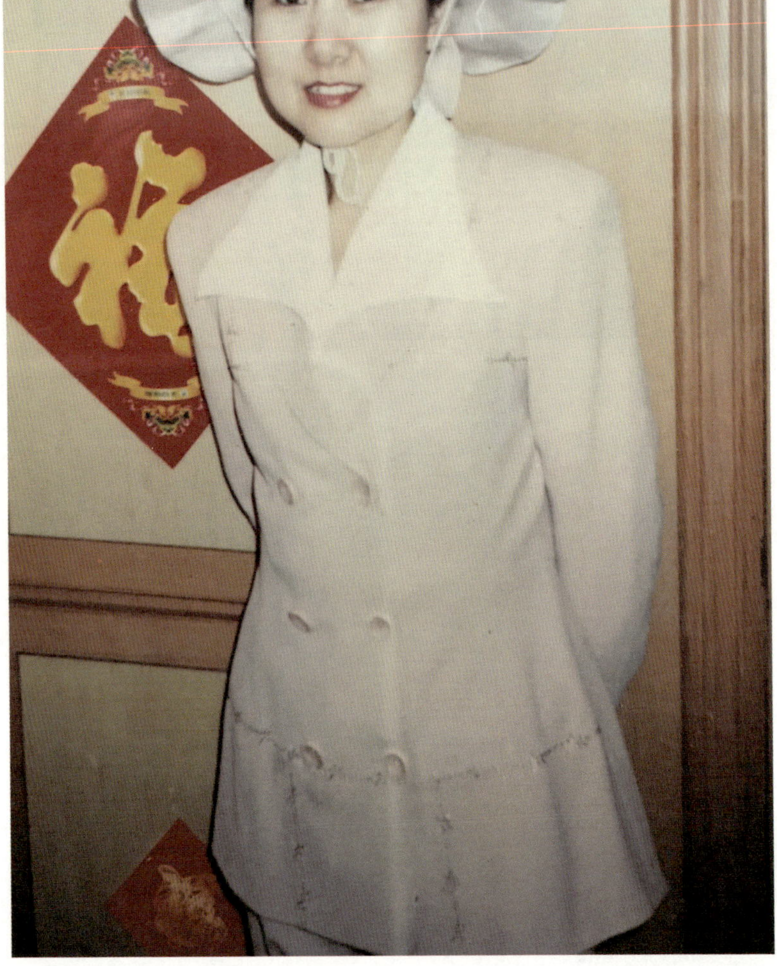

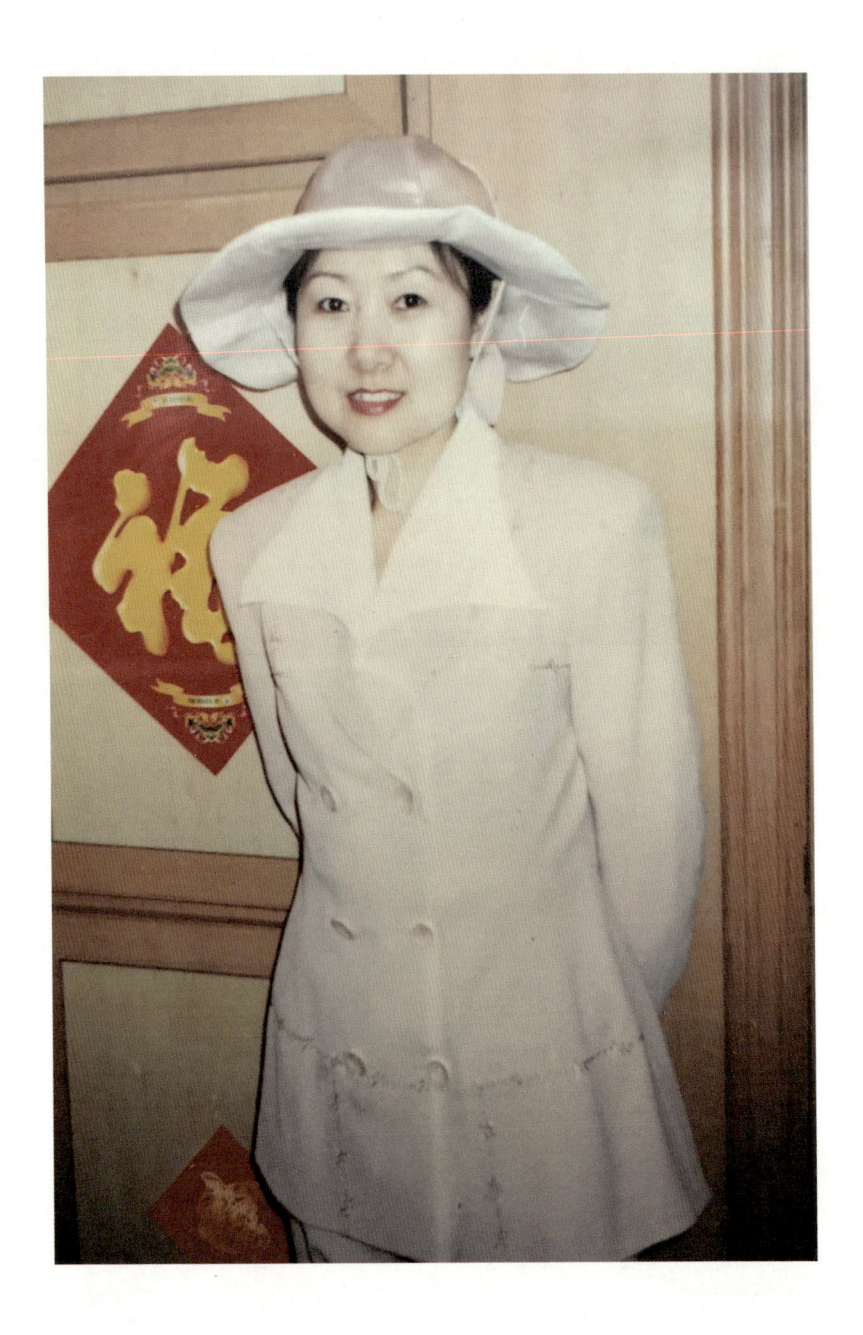

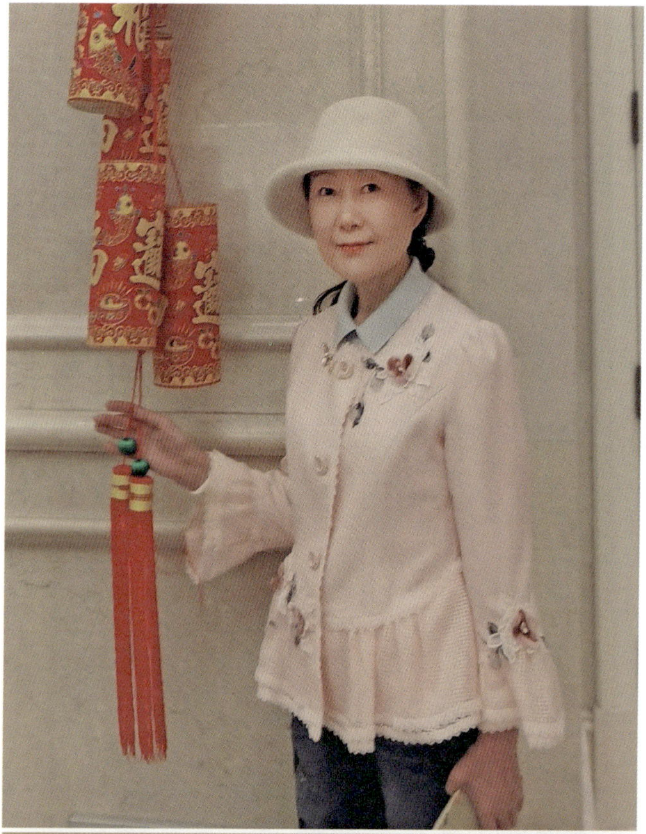

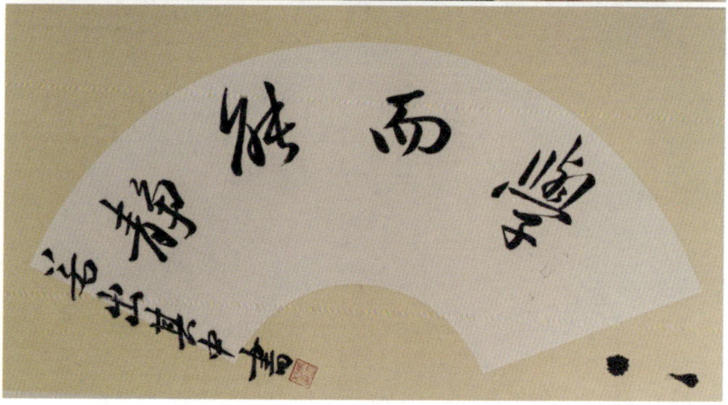

诗中华

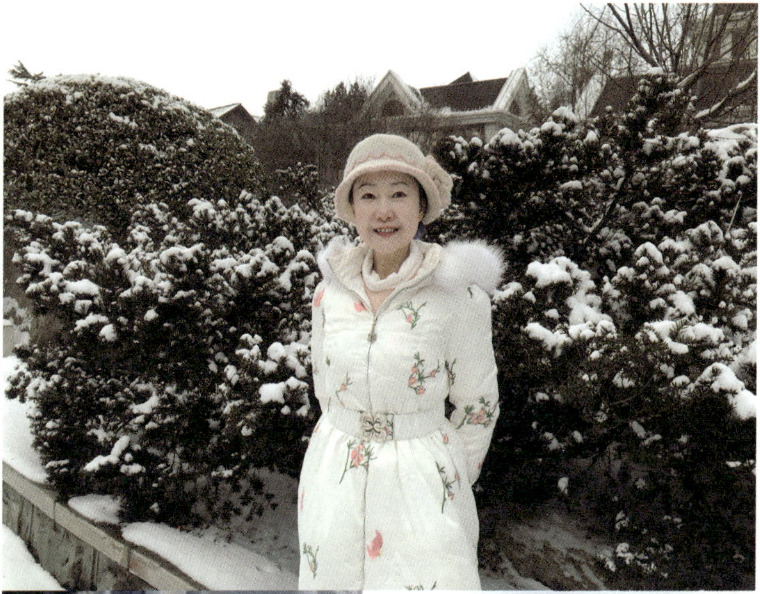

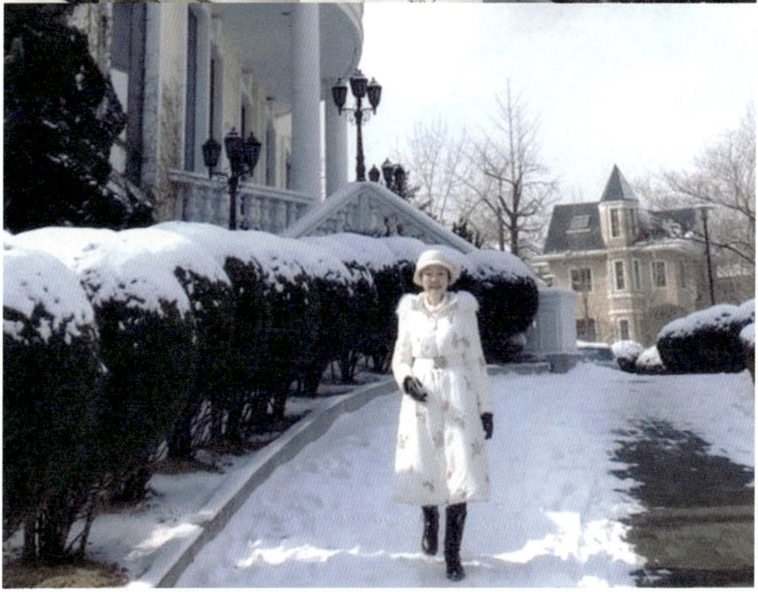

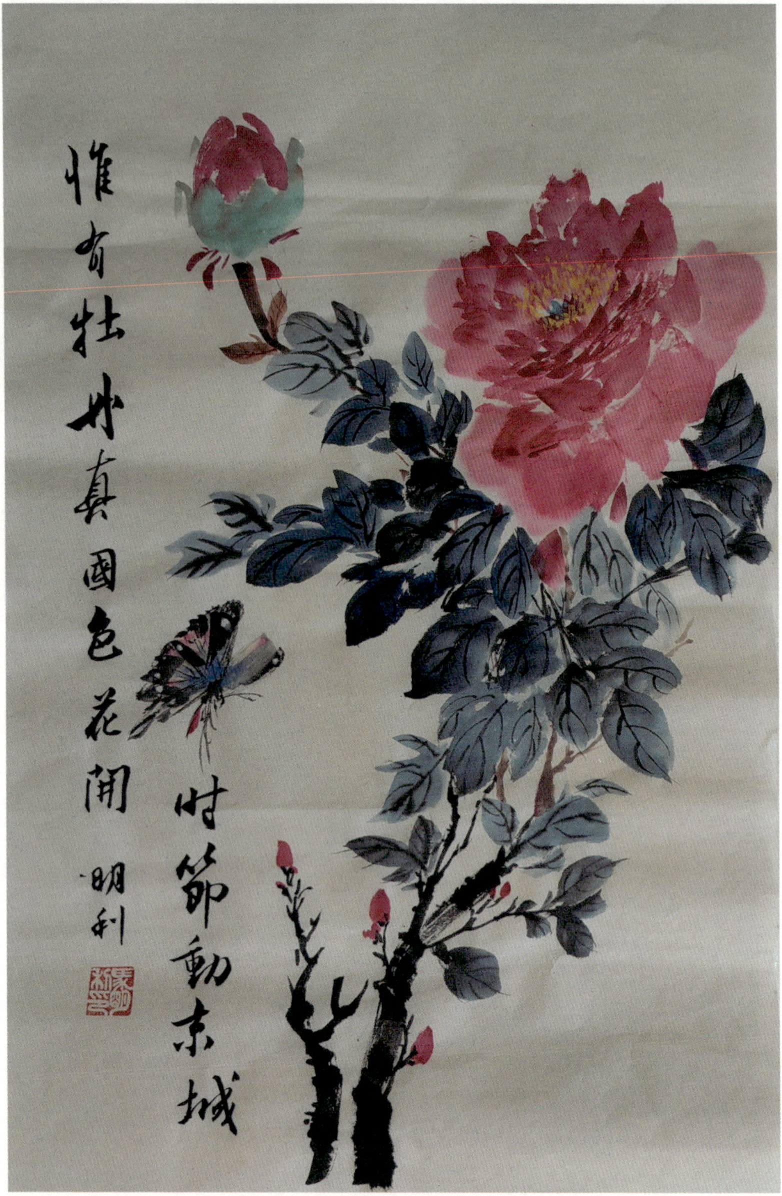
惟有牡丹真國色花開
時節動京城
明利

第十二章 大学时光

诗词

七律·
祝福母校
——哈尔滨工业大学百年华诞

百年学府铸辉煌，卓砾英才谱雄章。
科技领航兴伟业，厚德载物义深长。
治学严谨收佳绩，矢志耕耘育隽良。
誉满天涯结硕果，师魂桃李满庭芳。

2020年6月1日酉时

长相思·
母校

月影低，灯影低，相映同窗共读时。
一别如梦斯。

认于知，得于知，母校追源无限思。
往来寻我师。

1986年7月于哈尔滨

格律说明：

《长相思》（词牌名）双调，三十六字，上下片各三平韵、一叠韵。上下片第一、二句（三字句）不允许出现三平的格式。

词韵第三部，平声：四支五微八齐十灰（半）通用。

"得"字入声韵【十三职】。

七绝·

依依往事

依依往事忆何多,
眷眷韶光逐逝波。
对语当年寻旧迹,
长云遥碧响军歌。

2021年11月28日

怀旧之旅二·
大学时光

（一）

九月的哈尔滨天空湛蓝，空气纯净，承载希望，熠熠闪光。九月的哈尔滨细雨迷蒙，轻盈弥漫，青春飞扬，激情倜傥。只因它是莘莘学子的入学季。

我重在九月深情地凝望，再次站在金秋哈尔滨的街头，感受缕缕微风拂面，聆听秋色里诉不尽的思念，在落叶与秋光的婉转里，写下字里行间姹紫嫣红的眷恋。

时光,晕开在眼底,记忆,绽放成璀璨。金秋九月,来自天南地北的同学们,带着青春梦想和对知识的渴望迈进了这座学府圣地哈尔滨工业大学。一切都是未知和新奇,兴奋与憧憬交织,春华与热切相映争辉。我们相识在九月的哈尔滨,相知在哈工大自控专业。在同窗共读的日子里,在促膝并肩的时光中,书写过无悔的刻苦努力,留下过难忘的求知往昔。

陀螺稳定与自动控制专业是当年哈尔滨工业大学的绝密专业,专业所涉及的领域主要是海陆空三军及其军事基地自控装置设备的研究开发、理论指导。全班二十名同学来自黑龙江、辽宁、内蒙古、四川、重庆、上海、浙江、湖北、山西、甘肃等地,共七名女生,十三名男生。

自控专业的同学们以蓄势待发的求学热情和孜孜不倦的钻研精神,演绎出紧张有序且丰富多彩的大学时光。那时我们非常珍惜校园生活的分分秒秒,尽量有效地利用时间。早晨六点钟起床后是一天中最好的背诵外语时间,去食堂的路上,大家就用语言对话等方式来背诵单词和短语。下午如果没有课,我们就在教室里自习或者去图书馆看书及查阅资料。这看似单调的三点一线式的学习生活,在我们自控专业同学眼里却是兴致盎然,情趣无限。

每天都有不断攻克一座座学习难关的欣喜,时刻都有再次求解出的一道道数学难题的惊艳。沉醉在尽情遨游在知识海洋里的收获感知,畅享着实验室中作出的每项课题试验的成功感受。充实饱满的学习生活不断激发出我们更加高涨的求知欲望。

李有善老师是自控专业的高等数学老师，他称赞我们是做题量最多的一届学生。每天晚饭之后我们去教室上自习，由于当年晚间经常出现停电情况，同学们在书包里都备有几根蜡烛，停电了就各自点上蜡烛继续学习。在教学大楼一片漆黑中，教室里面烛光点点，跳跃的烛光下映衬着同学们那一张张凝神学习的面容，静静的，只有偶尔蜡烛发出轻微的噼啪声。

　　每天晚间九点钟教学楼就会关电闸、锁大门，即到了我们回宿舍自习的时间。离开教室回宿舍洗漱后，大家再安静地学习到夜里十二点，这期间同学们谁也不说话免得影响其他人。如果饿了，就各自拿出准备好的干粮，用眼神示意对方是否也需要。有时候当宿舍所有人都想吃东西，便是我们集体开心说笑吃东西的时刻，之后继续学习。

　　自控专业的学生勤勉努力，珍惜时间，学习气氛浓厚，在当年的哈工大"二宿舍"大楼曾传为佳话。大学期间，我们几乎没有在夜里十二点前睡过觉，成为当年哈工大"二宿舍"大楼人人皆知的学习型宿舍，以致机械系、动力系的同学们时常相互开玩笑说："哎，干什么呢，看看人家自控专业的同学，都学着点儿。"

（二）

　　自控专业的同学们学习勤奋努力，同本专业上届师哥师姐们的模范带头作用密不可分。入学初期，师哥师姐们热心周到的帮助和交流使我们备感温暖，他们无微不至的关心爱护和幽默风趣的言谈笑语，驱散了我们最初远离家乡的那种惆怅。师哥师姐们个个品格优秀，精进努力，团结友爱，学风正派，使人心生敬意。自控专业的入学联欢晚会上，他们表演的诗朗诵、快板、相声、三句半等节目让我们耳目一新并捧腹大笑，为师哥师姐们才华横溢的展现表示由衷的赞叹。

每到周六晚自习结束从教室回宿舍后，是我们在宿舍看小说的美好惬意时刻，因为周日上午没有课，我们会看上整整一夜的小说。别人都喜欢躺在床上看书，而我无论是学习，还是看小说都喜欢坐在桌前阅读。只有冬天很冷的时候为了取暖我才坐在床上的被子里看书，很不习惯躺着看书。也许得益于此，直到今日我的视力仍然保持着三十多年前的状态，一只眼睛视力1.2，一只眼睛视力1.5。

用团结紧张、严肃活泼来描述我们女生宿舍的同学们十分贴切。周日午睡醒来之后，在同学的建议下，我们来到校园外面的城市街景中拍照，雪后的哈尔滨美不胜收，以东方小莫斯科著称，小巴黎美誉的异国风貌尽收眼底。我们在踏雪而行、打闹嬉笑中，一幅幅美景随着手里相机的咔嚓声定格在姐妹们一张张笑脸下。有着拍照洗相绝技的琳泽同学在棉被里面换相机胶卷，利用下半夜同学们睡觉后宿舍漆黑一片的天然暗室冲洗照片，从拍照到冲洗出照片她一手完成。记得当她第一次把周日下午拍的照片呈现在每人面前，顿时尖叫声四起，大家欢呼雀跃，相互传递手里的照片，看了又看赞美声不断。文蓉、琳泽同学各自从重庆、兰州家里带来的这两部老式相机，给我们留下过许多美好的画面，难忘的记忆。

我的那台凯乐牌半导体收音机也为宿舍姐妹们增添

了快乐和愉悦。周六的晚上，除了看小说之外，同学们还热切渴望着另一件事情，听半导体收音机。这台收音机是我在"科研"工作期间，刘百韬老师去上海出差带回来的，质量非常好，已经听了多年，音质依然清澈悦耳没有一点杂音。轻松的周六晚上，同学们时而聆听收音机里传来的音乐，时而沉浸在小说的情节之中，大家享受着周六晚上的美好休闲时光。

每当寒暑假过后的开学季，则是同学们盛宴的开始。大家从天南地北各自的家乡带来当地各式各样的土特产。除了浙江、上海等同学每逢寒暑假必带回的上海大白兔奶糖，更有江浙的云片糕、麻饼，四川的柑橘、怪味豆，兰州的瓜，内蒙古的肉，等等，同学们一饱口福，张开嘴巴大吃大嚼，畅快无比。而我从齐齐哈尔黑土地带来的东北大瓜子，也让南方的同学见识了它的诱人，大家都不得不心甘情愿地抽出宝贵时间在那里没完没了地嗑着越嗑越想嗑的香瓜子。

哈工大每年元旦的全校师生联欢晚会精彩纷呈，盛况非凡，各系文艺队表演的精彩节目则使晚会的气氛高潮迭起。

我们四系文艺队排练了一组歌舞，十几名男、女生共同表演，由系文艺队队长冰彦翔同学和我来做领舞。为了演出成功，我们都牺牲了宝贵的自习时间反复排练，我尤其认真，因为是领舞嘛，不可以表演得不好呀。联欢晚会上，当我们的节目闪亮登场时，大礼堂四系的师生们立刻欢呼不止、一片沸腾，老师们也像孩子似的站起身来、舞动双手狂呼鼓掌，谢谢老师，谢谢同学，是你们的鼓励助威让我们的歌舞表演如此成功！

致敬亲爱的母校，在你知识的殿堂中我收获了受益终身的宝贵财富。致敬我的老师，在你们的辛勤教导和谆谆告诫下，我探寻了浩瀚的知识海洋，懂得了科学的深奥和重要。致谢师哥师姐、同窗共读的同学，正因为有了你们，才让我如此留恋那份难以忘怀、经年回味的同学之情，使我拥有过生命中那段纯洁美好，绚烂如霞的大学时光。

2015年10月

再见，青岛

国庆假日，我和丈夫、儿子陪同父母去老虎滩公园游玩，当走到海边的时候，儿子突然高兴得欢呼跳跃起来，他看见了一艘军舰，要到上面去玩。顺着儿子奔跑的方向望去，心里一阵惊喜，我看到了那艘熟悉且久违的104号驱逐舰，如同久别的老友倏然而至，我几乎不敢相信自己的眼睛，真的是你，望着威仪舰艇竟是如此亲切，随之北海舰队，可敬官兵连同美丽青岛的一幅幅画面唤起我思绪万千。

时间飘飞到二十年前，往昔那段美好的大学时光随之跳跃在我脑海心田。悠远的回忆中，有太多人太多事我永远不会忘记。

大学期间，哈工大自控专业本届全体同学到青岛北海舰队实习，和104号驱逐舰上的官兵，以及舰队相关部门的战士们朝夕相处。我们一同听课学习，争论研讨问题；一起出操军训，竞技，摸爬滚打；共练打靶投弹，并肩出海远航。同游八大关，携手登崂山；结伴赏樱花，相约走栈桥。在课余饭后也时有漫步谈心，谈理想谈未来。他们的纯朴真诚使我动容，他们的热心友好令我感激，他们的深厚情谊让我珍惜，他们的刻苦努力对我影响至深、受益终身。

记得射击考核那天，我的打靶成绩在同学中并列第二，即十发子弹共打出90环，有一发子弹没有打好我哭了，并不是为了名次，而只是想打出更好的成绩，以回馈战士们在培训我们的日日夜夜中所付出的辛劳。

打靶之余，我想拾几个子弹壳作为纪念，战士们则为我拾了满满一书包子弹壳，这沉甸甸的记忆时常把我带入经久难忘的回忆之中。

已经从青岛北海舰队退役的104号驱逐舰，停泊在大连老虎滩公园海边，成为一道靓丽的风景线。

两个多月的实习结束了，我们将踏上返校的列车，在大家握手道别的凝视中饱含着多少话语和心声呢，它将永久铭刻在彼此的心中。再见，亲密的战友。再见，最可爱的人。

只有离别的时刻，才知时光短暂。纵有万语千言，难述心中留恋。今宵我的祝愿，永远把你陪伴。明朝你的思念，也会把我挂牵。再见，那段美好时光将永驻心间。再见，我们彼此珍藏深切的思念。再见，在别后岁月的往来信笺。再见，盼望还有重逢相聚那一天。

再见了，可爱的海军战士。再见了，104号驱逐舰。再见，北海舰队。再见，青岛！

1998年10月于大连

第十三章 故乡礼赞

芳草广寒
芦花荡漾
湖泊新溆
澜野间
癸卯夏郎熊诸画

怀旧之旅三·

故乡礼赞，齐齐哈尔

（一）

齐齐哈尔是爸爸的出生地，是我的祖籍。齐齐哈尔是祖国北方的历史文化名城。清初盛京（沈阳）、吉林、卜奎（齐齐哈尔）曾被称为边外三大重镇。齐齐哈尔历史久远，始于远古时代，金代初期女真人曾在距离齐齐哈尔十五公里处（今梅里斯区附近）建过庞葛城，经辽金时期的初步发展，至清朝时期成为重要的行政、军事和文化中心省，现在为省辖市。爸爸曾多次向我们讲述过，今天的齐齐哈尔是在清康熙年间由我的祖先始建。

康熙年间，康熙皇帝重视汉族文化知识及功臣将领。由于我的祖先马成龙、马玉太兄弟为大清统一立下战功，故康熙皇帝封赏二位祖先为"镇北侯爵"。清代沿袭了早在周朝就建立的贵族爵位制度，爵位中的异姓功臣爵位分为九等，由高至低依次为：公、候、伯、子、男，等等，受天子封赏爵位的贵族可世袭多代。

先祖被封为侯爵后，兄弟俩分别奉旨率领马氏家族从云南迁徙到东北的吉林省（哥哥马成龙）和黑龙江省（弟弟马玉太），由于当时黑龙江庞葛城地域交通不便，祖先便选择了嫩江东岸卜奎村一带修建城池，所以称卜奎城。卜奎城即是现在的齐齐哈尔。

据文史资料记载，卜奎城分内外二城。内城是木城，呈方形，四门皆有楼槽，城外绕以护城壕，宽一丈五尺。外城为土城，城坦用土垒筑，南北长，呈胃囊形。到了康熙末年卜奎城已经相当繁华。史料显示："入土城南门，抵木城，里许，商贾夹衢而居，市声颇嘈嘈。"卜奎城从那时候起就成为省首府。

卜奎城里的马氏祠堂（家庙）巍然矗立几百年，爸爸回忆，马氏祠堂位于当年的省政府楼旁边（现在的齐齐哈尔第二医院位置），祠堂占地面积很大，两侧有供远方各地家族成员来祠堂住宿的多个房间。每到年节爸爸就跟随爷爷一起去祠堂，新中国成立后由于城市建设需要祠堂被拆除。

二位先祖武将出身，信奉浩然正气的关公，遂在城中建立了卜奎城的第一座关帝庙。

时光荏苒间卜奎城又相继建起多座关帝庙，其中仍然保留至今位于龙沙公园的关帝庙（现更名关公庙）已经列为市重点文物保护单位。

饱经历代沧桑，被世代卜奎人精心维护的这座关帝庙肃穆凛然，轩昂的庙宇与老城风雨同舟，护卫着卜奎大地上劳动生息、淳朴善良的英雄儿女。

正如关帝庙山门金字楹联所书：想当年匹马单刀凛凛威风超万古，至今时伏魔护国洋洋浩气镇千秋。关帝庙正殿曾有楹联：志在春秋功在汉；心同日月义同天，横批"亘古一人"，出自道光年间翰林、户部尚书英和之手。

岁月流逝也黯淡了这里的昔日辉煌，关帝庙曾存清道光、咸丰、光绪皇帝御赐过的匾额，名人字画如今均散失殆尽，留下回味印记中的永久遗憾。

清道光年间之后，马氏家族成员相继弃官务农、经商，生活在嫩江、乌裕尔河及亚渤海等地区。

民国初期，爷爷全家从亚渤海迁回到卜奎城近郊东四家子。20世纪60年代后期爷爷把马氏家族的家谱全部烧掉，爸爸每提及此事便叹惜不已。

（二）

齐齐哈尔久远的历史有过很多名胜古迹，曾是知名历史文化名城，因时光流逝而不被现代人们熟知。据文献资料记载，民国诗人魏毓兰（木叶山人）曾写下吟咏卜奎八大名胜景区的著名诗篇"奎城八咏"。当时的齐齐哈尔是黑龙江省省会，城市繁华，美景众多，良好的自然环境令人神往，诗人从无数美景中深入刻画出"奎城八咏"使卜奎八大风景名胜远近闻名。让我们跟随诗人漫步卜奎八景，回顾历史的厚重与沧桑。

"奎城八咏"之一：
《西园消夏》
木叶山人

塞上无名胜，仓西独旷幽。
拓园分草卉，积土起岑楼。
树密宜消夏，花繁已报秋。
宁须吟逼仄，聊足快清游。
争道西邻好，畴能半壁收。

《西园消夏》咏龙沙公园。龙沙公园始建于清光绪二十三年（1897年）过去称仓西公园，也称西花园、西苑园。园内有万寿亭、穆清花厅，土山上建有未雨亭（今望江楼），望江楼也曾是齐齐哈尔城市标志。关公庙建在公园之内。

《奎城八咏》之二：

《东墅及春》
木叶山人

谁筑东湖墅，来耕北徼春。
为谋民富庶，不碍官清贫。
山水之间乐，羲皇以上人。
花浓看叱犊，簝小听吹幽。
俯仰倏陈迹，澄波扬劫尘。

《东墅及春》咏东湖公园，也称东花园。原为东湖别墅游览地，曾有绘齒簝、蓼花吟舫、春及亭、怀心亭、澄观亭等亭台楼阁名胜。东湖别墅曾是与龙沙公园齐名的著名花园。现为二马路小学东侧一带。

《奎城八咏》之三：

《莩江钓舸》
木叶山人

莩苦江头钓，威呼水上筵。
得鱼足供客，有酒同学仙。
暑逭襟怀畅，波明石色鲜。

旧盟兼鹭约，新味到羊全。
竿而留园便，临轩不上船。

《莩江钓舸》咏浏园，也称留园。在卜奎城西嫩江之滨，嫩江古称诺尼江，孛苦江，每到盛夏游人如织，垂钓泛舟，留园环境自然幽雅，水天一色，江沙洁净，江石五光十色，是齐齐哈尔人气最旺的避暑胜地。

《奎城八咏》之四：

《芦港归帆》
木叶山人

蕞尔葫芦港，帆樯集若林。
几家成市落，五里楼成荫。
春水扶余舶，秋风孛苦砧。
橹摇归梦远，帆挂夕阳沉。
倘俊轮舟路，长途递好音。

《芦港归帆》咏葫芦头码头，卜奎城西南五里船套子即葫芦头码头，曾是嫩江水上运输的重要港口，清代水师战船也集中于此。民国时期葫芦头码头运输业很发达，每到夏季各类客货船只多达几百艘，是当时著名的水上运输中心。葫芦头码头不仅是港口，也是嫩江一处著名风景区。既有平民百姓的乐趣，又有文人儒士且玩且吟留下的歌咏诗篇。

《奎城八咏》之五：
　　　　《沙中丘壑》
　　　　　木叶山人

　　黄沙滩上路，潇洒出尘氛。
　　曲折江流抱，晶莹石彩纷。
　　凌空山气势，满地水波纹。
　　野趣饶丘壑，名流集屐裙。
　　如何兹胜境，不与俗人闻。

《沙中丘壑》咏黄沙滩。黄沙滩位于嫩江东岸，从葫芦头向西南绵延数里，这里遍布晶莹剔透的五色石，俯拾即是，沙海金波，气势如虹，极目远眺，超尘脱俗。蜿蜒嫩江尽收眼底，使人如临仙境，这种浑然天成的情趣诉说着卜奎曾经的绝美佳境。

《奎城八咏》之六：
　　　　《泊上沧桑》
　　　　　木叶山人

　　一泊木城西，遗踪访虎溪。
　　清游才泛月，淤塞竞封泥。
　　偶尔江浮涨，依然水满堤。
　　坐观桑海变，居胜峤壶栖。
　　疏凿孰能继，余流空自渐。

《泊上沧桑》咏西大桥西泊。卜奎初为木城，有水泊，建木桥称平安桥，也称西大桥即今西虹桥。西泊引入嫩江之水，每到夏日雨季或江水上涨时节，湖水荡漾，碧波粼粼，红嘴鸥（钓鱼郎）群起群落，水上浮萍开花之后，水下菱角可以采摘，亦为人们泛舟休闲胜地。嫩江水深且冷，是我国历史上盛产珍珠的地方，嫩江珍珠又称"东珠"，是清代专为朝廷所用贡品。南侧曾有垂钓名胜"虎溪"。西泊几经岁月荏苒已是现在的劳动湖。

《奎城八咏》之七：

　　　《孤亭野色》
　　　　木叶山人

　　　海粟亭中立，微茫野色苍。
　　　书声楼外落，江气槛边凉。
　　　大士飞来后，将军校猎场。
　　　幻缘浮水月，斜景卧牛羊。
　　　隔泊望城市，喧阗为底忙。

《孤亭野色》咏普恩寺前的海粟亭。普恩寺建于清乾隆年间，殿宇高大宽敞，林木苍翠，阳光普照气势辉煌，其中有飞来大士像，非常灵验。寺前海粟亭居高阜、临旷野，东侧嫩江烟波浩渺，西侧西泊碧水荡漾，北侧林木沙丘、楼殿恢宏，南侧平原坦荡、绿野无垠。登亭四周环顾美景尽收眼底。清代历任将军阅兵之地即在亭前校场。

《奎城八咏》之八：

　　　《古塔城阴》
　　　　木叶山人

　　　此塔何年建？东门镇路隅。

平岗余突兀，古道阅崎岖。
城改经三见，尘埋矗丈余。
风来砖自落，月上影同孤。
寂寞空林处，悠悠孰驻车。

《古塔城荫》咏东门外镇城古塔也称白塔，相传有白塔寺，为清康熙年间建城时所建，是卜奎镇城之塔。卜奎驻防城，先沙垒，后木城，又改砖城，历经三次。塔为砖灰砌成，虽年久淤沙但仍高一丈有余。古塔依岗阜伴绿荫，农舍炊烟，鸡犬相闻。徘徊于秋风古道，风蚀古塔斑驳可见，怀古悲秋之情不胜感慨。古塔大体位置在东路小学东，旧城胡同南，东门口以东偏北方向，即沈后"四〇"分部北墙土岗之上。

（三）

齐齐哈尔还是座英雄的城市，自古至今，可歌可泣的英雄儿女、将领志士保家卫国血洒疆场，令人敬仰，使人赞叹！

据文献资料记载，康熙二十四年，沙俄入侵黑龙江，妄图侵占我边境领土。康熙皇帝深谋富国强兵之道，积极抵御俄寇入侵，命都统彭春，黑龙江将军萨布素率兵进行对俄自卫反击战。萨布素将军率领清军分水、陆向俄军发起攻击，杀得俄军尸横遍野，宣告投降。

康熙二十五年沙俄再次入侵黑龙江，清军奉命再次打击沙俄侵略者。经过三个多月的殊死战斗，清军越战越勇，俄军再次惨痛失败。这便是著名的雅克萨自卫反击战。它沉重打击了沙俄的侵略势力，阻遏了沙俄伸向我国边境的罪恶之手，维护了民族尊严和领土完整。沙俄不得不接受了清政府的谈判条约，即1689年签订的中俄《尼布楚条约》。《尼布楚条约》明确规定了两国的东段边界。

中华人民共和国国歌《义勇军进行曲》的义勇军就起源于1931年齐齐哈尔的"江桥抗战"。义勇军就在黑龙江，义勇军就在齐齐哈尔！

根据文献史料记载及《齐齐哈尔历史文化纪略》有关记述，1931年"九一八"事变，马占山临危受命任黑龙江省政府代主席兼军事总指挥。他率领部队在齐齐哈尔嫩江大桥，打响了中国抗日第一枪，即抗战史上赫赫有名的"江桥抗战"。

"江桥抗战"打响后，坚定了中华民族的自尊心和自豪感，激发了国内外爱国人士的抗日热情，国内外有影响的报纸竞相赞誉齐齐哈尔军民"以一族之众，首赴国难""为国家保疆土，为民族争光荣"。民族英雄马占山将军奋起抗战享誉海内外，全国掀起了声势浩大的抗日热潮，并纷纷奔赴黑龙江齐齐哈尔参加抗战。

英雄热土，英雄儿女，还有寿山将军坚贞不屈，以死殉国；梁中甲将军在保卫中东铁路战斗中饮弹牺牲，等等不胜枚举！铁血丹心，壮怀激烈，英雄的城市，英雄的壮举将永载史册，千古流芳！

（四）

优秀的齐齐哈尔儿女也是诚实守信的典范。几年前的三聚氰胺事件之后，权威机构对国内各大知名品牌的婴儿奶粉逐一进行严格检验，所得出的结论让人称赞，国内众多知名品牌的婴儿奶粉中，齐齐哈尔生产的"飞鹤牌婴儿奶粉"不含三聚氰胺。黑土地上的纯洁,齐齐哈尔家乡人民的信誉,她创建了国人引以为豪的品牌,更是世人可以信赖的安全产品。

　　来过齐齐哈尔的人常有感慨,无论你随便走进任何一家饭店,饭菜的味道都会让你拍案叫绝,这是国内任何城市都无法比拟的。它源于清康熙年间之后,齐齐哈尔作为省首府,成为东北地区的经济文化中心,从宫廷不断有皇亲高官来此就职,很多宫廷高级厨师亦随之同来。由于宫廷厨师们个个厨艺高强,受到当时齐齐哈尔达官贵人和普通百姓的交口称赞、强力追捧。于是这些厨师在民间培养出大批徒弟,由其经营的饭店很快就遍布齐齐哈尔城乡各地,此后令人赞不绝口的满汉菜系受到百姓们的热烈欢迎。直到今日这些厨艺仍然传承在齐齐哈尔的各色饭店美食中。多年来我到过祖国各地大江南北的很多城市,相比之下,齐齐哈尔的满汉菜品胜出于国内各地菜系。

　　故乡齐齐哈尔,她的源远流长,底蕴深厚让人回味。她的精忠卫国,气贯长虹令人感动。她的景色多姿,超世脱俗使人眷恋。她是富饶丰盛的鱼米之乡,那里有难得的美味佳肴,永不失传的满汉菜品。

　　如今的齐齐哈尔继续以她特有的质朴厚重和非凡气度默默地守护着祖国塞北疆土,已经成为我国的重工业基地、商品粮基地、畜牧业基地,绿色食品基地。齐齐哈尔仍在始终不渝并持续永久地向祖国和人民无私无畏奉献着。

2015年10月

注：

　　本文引用了民国诗人魏毓兰先生（木叶山人）著名诗篇奎城八咏，西园消夏、东墅及春、苇江钓舸、芦港归帆、沙中丘壑、泊上沧桑、孤亭野色、古塔城荫等齐齐哈尔人文古迹名胜景观，引用了文献史料记载关公庙等名胜古迹相关内容。引用了《齐齐哈尔历史文化纪略》齐齐哈尔江桥抗战及《义勇军进行曲》等相关内容的记述。

参考文献：

　　《齐齐哈尔历史文化纪略》傅惟光著，黑龙江人民出版社。《齐齐哈尔市志》，黄山书社出版。

竹畔倚青天
清雅映心田 朋鸞寫

皆以無為法當生
如是心定而後能
靜言之水可行
千里好是下高山
起激塵吾道二如
必行之貴曰新

第十四章

发小星空

沁园春·
发小星空

感叹情缘,品悦星光,魂绕梦招。看群内群外,手机上下;亲情友谊,都不萧条。孙辈相拥,真情环抱,发小隔屏盘键敲。明眸下,捧握手机笑,曼妙新潮。

拳拳日夜相邀,引无数同学不停聊。忆儿时年少,经年过往;悲欢荣耀,沧桑华韶。暮晓秋霜,童心不老,尽述流年话良宵。声声唤,进星空群里,快乐逍遥。

2015年2月22日(正月初四)

格律说明:

《词韵》第八部,平声:二萧三肴四豪通用。

同学聚会

（一）

发小叙旧四十年，牡丹峰里话情缘。
四海精英齐聚拢，八方豪杰即凯旋。
喜悦兴奋难描述，热烈场面舒炫燃。
握手拥抱说不尽，还有好戏在后边。

（二）

看女生亭亭玉立，瞧男生儒雅翩然。
大江南北海内外，从天而降被惊癫。
群情振奋回眸望，火爆欢呼乐盛筵。
把酒言欢话往事，载歌载舞胜当年。

2015年5月21日辰时

注：

　　2015年5月20日，分别几十年的老同学首次在大连聚会，本次同学聚会题目为"叙旧四十年"。

　　从国外及外省市前来参加聚会的几位同学做了个小把戏，他们扮成酒店服务员，为前来聚会的同学们提供倒茶服务，最初大家谁也没有发现他们的真实身份，后来终于有人认出了，全场立刻沸腾！

永遇乐·
同学聚会

五月情怀,温馨浪漫,圆梦萦念。发小相约,阔别重聚,叙旧四十赞。时光飞逝,宛然如昨,携手读书同伴。心澎湃,激情涌动,飘飞岁月浮现。

五洲四海,千山万水,满载青春眷恋。感慨从前,桩桩往事,把酒言祝愿。举杯畅饮,难得一醉,今夜舞旋歌唤。泪光闪,同窗友谊,至真不变。

2015年5月24日申时

格律说明:

《词韵》第七部,仄声:上声十三阮(半)十四旱十五潸十六铣二十七感二十八俭……去声十四愿(半)十五翰十六谏十七霰二十八勘二十九艳三十陷通用。

七绝·
星空同学

声声诗句颂星空,发小抒怀感受同。
地角天涯如咫尺,青山不老友情浓。

2015年5月24日辰时

注:

星空:发小星空群。

七绝·
江边拍照

四月江风碧水洄,彩衣潋滟舞徘徊。
莺呼燕语堤塘俏,便引周遭看客来。

2015年4月13日

七绝·
巴西木花开

何故眼波齐聚拢,巴西木下睹芳容。
淡颜素色团团簇,惊讶香氛叠叶浓。

2015年3月19日

长相思·
巴西木花落

送一程,望一程,香艳伊人去远行,依依回首听。
别一程,惜一程,花落花开不见声。人花都有情。

2015年3月27日

发小土豆田

横看成茵侧成行,远近高低土豆秧。
不识土豆真面目,泥土下面捉迷藏。

2015年6月13日

七绝·
赛诗会

抛砖引玉寻玑贝,发小群英赛诗会。 **格律说明:**
佳句美词迷人眼,文坛人气当属最。
去声【九泰】

2015年3月19日

注:

玑贝:比喻佳作。

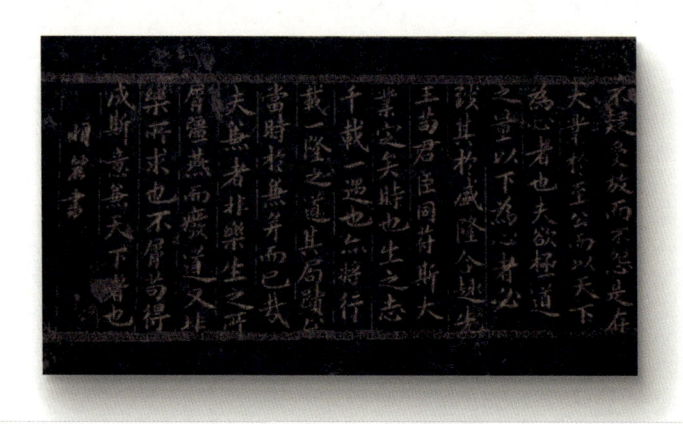

恭贺婚礼

花好月圆喜庆日,宾朋盛筵贺佳时。
见证美好新世界,笙歌鼓乐伴鸿熙。
郎才女貌择佳偶,并蒂芙蓉情相宜。
永结同心家和睦,白头偕老共融怡。

2015年6月6日

读同学回忆录有感

百年回忆百年踪,意重情深挚醇浓。
生死不渝拼沙场,命途多舛也从容。
才学兼备书寄语,士卒身先蓄襟胸。
岁月蹉跎多感慨,年华凋落韵犹丰。

2020年6月23日

注:

读荆郢豪客同学《父亲百年》回忆录。

海的味道

仿白石群虾图朋乐书画

第十五章 中华儿女

七律·

神圣中国

炎黄历史风云多,华夏文明忆不磨。
赤子神州抒锦卷,中华儿女赋豪歌。
青山平野千峰岳,碧水蓝天万顷波。
丰裕殊祥国隆盛,安邦有道共人和。

2019年9月28日申时

七律·

中华腾飞

东方神韵声威震,岁月长歌铺锦程。
绘就蓝图而今越,担当使命即圆成。
江山万里峥嵘路,千古风流鼎盛明。
旭日祥云腾华夏,国强众志壮豪情。

2019年9月21日酉时

七律·
祖国颂歌

我歌祖国颂华篇,千古文明旷岁延。
大漠孤烟阎境阔,长城绝塞气势坚。
秦砖汉瓦垂青史,唐宋诗词奉世传。
儒释道学弘经典,声冠寰宇艳阳天。

2019年10月3日

七律·
风华浸远

讴歌建党颂鸿篇,兴盛之魂圣火延。
开辟民族精进路,中华崛起志当坚。
满腔热血留青史,铁骨丹心敢为先。
功业千秋铭壮举,风华浸远庆嘉年。

2021年6月29日

满江红·

叱咤风云

——9.3大阅兵有感

气势磅礴,军威展、壮观雄迹。凝望眼、三军勇猛,虎贲奋戟。铁甲轰鸣风驰远,战鹰呼啸飞天碧。傲强盛、舰艇耀国尊,斩霹雳。

缅历史,悲国耻。扬自信,庄严日。辟恢宏前景,振兴至急。安定和平泽乐土,欣荣鼎盛江山立。龙腾跃、看神圣中华,今朝必。

2015年9月3日

破阵子·

民族复兴

——建军九十周年阅兵

铁马金戈亮剑,气吞万里云腾。大漠狼烟扬自信,古道披靡虎啸声。沙场今阅兵。

盛世中华崛起,和平宗旨践行。不畏外敌肩使命,勠力强军戍疆城。民族图复兴。

2017年7月30日

格律说明:

《破阵子》(词牌名),双调,六十二字。上下片各五句,三平韵。

《词韵》第十一部,平声:八庚九青十蒸通用。

注:

  勠力:出自《史记·项羽本纪》,强调齐心协力、共同面对困难和挑战,突出团队的合作精神和凝聚力。

七律·
中华崛起
—— 中国人民海军七十华诞

沧海横流惊骇浪，深蓝砺剑亮锋芒。
驱逐护卫飞舟远，航母战机矞昊苍。
捍御大洋持戟盾，固疆戎甲铸金汤。
中华崛起勋基业，世界和平遂万方。

格律诗词：

《诗韵》二、下平声【七阳】

2019年4月23日酉时

注：

　　2019年4月23日，为庆祝人民海军成立70周年海上阅兵活动在青岛附近海域举行。

减字木兰花·

良医大德

良医义诊,妙手回春毒痛烬。
危难之时,省病疗疾所不辞。

德华处世,不必矜名不计利。
博大精深,历久弥新医道真。

2020年2月25

注：

　　历久弥新：中医学源远流长，历代圣贤递相传承几千余载并具备非常完整的理论体系。它从总体上把握了人体自身以其与人类社会、自然界，乃至整个宇宙相适应的整体规律。

七律·舍我其谁

危难当头少叙悲,忧思惊恸涕欷垂。
壮心明证真君子,浩气长存确口碑。
使命担当生死以,挺身开路舍我谁。
执言道义需勇气,循善天良因果随。

2020年2月11日

七律·中医品德

悬壶济世两袖清,医者仁心救众生。
守护一方施义诊,共襄善举践言行。
杏林春暖传奇术,使药追源除病情。
事了拂衣飘然去,深藏功绩不求名。

2020年2月23日

七绝·

乔羽离世

不老之情岁月歌,笔端立意格调多。
泛舟北海可传唱?超越时空久颂和。

2022年6月20日酉时

金庸离世

和光同尘去若霞，剑胆琴心亦名家，
恣意纵情寻常事，人间自此无大侠。

2018年10月31日

减字木兰花·
奥运滑雪冠军

戎装素裹,一跃惊天凌突破。
睿智顽强,凛凛威风神采扬。
屡擎金奖,不负韶华逐梦想。
笑靥澄莹,直抵人心并才情。

2022年2月17日

七绝·
嫦娥五号返回

银河桂魄共清晖,千古长情壮思飞。
天际月宫来远客,嫦娥玉兔伴星归。

2020年12月17日辰时

注:

　　携带着珍贵月壤的嫦娥五号返回器于2020年12月17日凌晨1时32分至2时07分之间降落在内蒙古自治区四子王旗。

　　嫦娥五号返回器着陆直播中出现了一个可爱画面,有一只小动物从返回器前跑过,率先到达现场。"它其实是一只兔子,是玉兔,也可以!"

后记

诗词，是人间最美的烟火，是我灵魂的归宿——叶嘉莹先生引用过的一段话。

叶嘉莹先生在她百岁华诞之时为《诗中华年》题写"中华诗教"宝贵文辞，先生对《诗中华年》给予的高度肯定和热切鼓励让我由衷感谢并无比荣幸！叶老先生是我多年来学习和崇拜的前辈、师长，是中国传统文化诗词歌赋的掌门人、领路人，是当代文学界的一面旗帜。叶先生曾说过："诗歌的最大的作用，是要让你有一颗不死的不僵化的心灵。"——叶嘉莹《唐宋词十七讲》。

百岁华章，岁月见证，"岁月悠悠，唯有知识与热爱，方能铸就永恒。"正如叶嘉莹先生百岁生日寄语所说："不向人间怨不平，相期浴火凤凰生。柔蚕老去应无憾，要见天孙织锦成。""智慧之光，照亮前行之路，让每一步都充满意义。"先生用一生的智慧与才情谱写了人生的精彩篇章，祝愿叶嘉莹先生福寿安康！

2024 年 8 月 7 日龙年立秋日，我和爱人为取张本义先生为《诗中华年》题写的书名文字，来到坐落在金州石河东沟的大连连海书院，恰逢阎世忠先生也同时到访，我们在连海书院不期而遇。张本义先生为我们做了介绍之后，便向我强力推荐、邀请阎世忠先生为即将出版的诗集《诗中华年》写序，起初阎老师一再解释推托，但也许是出于本义先生的真诚邀约，阎老师"无奈"之下只好欣然应允。

我很幸运，遇到了很多能够肝胆相照的良师益友、挚爱亲朋。这本诗集能够面世，让人感受到亲朋好友的可贵，我曾在《青春足印》一文中写道：感谢在我生命行程的每个重要端口所遇到的好人、贵人、引路人……这段肺腑之音如今重又再现！

感谢叶嘉莹先生为《诗中华年》题写宝贵文辞。感谢易接文先生向他的尊师叶嘉莹师长推荐了我的诗集，从而得到叶老先生对《诗中华年》的赐教赏读与高度肯定。感谢阎世忠先生不辞辛苦为《诗中华年》欣然作序。感谢张本义先生为诗集推荐写序之人、题写书名文字，以及在诗集出版过程中的全力支持帮助。感谢战古先生、施恩波先生、张克思先生、高师先生为诗集题写的精彩文词字画。

感谢易接文先生在出版诗集过程中所给予的全力支持帮助，感谢谭姗姗女士、代剑萍女士、张燕女士、崔守军先生在出版诗集过程中的全力支持帮助。感谢北方文艺出版社、树上微出版编辑团队的工作付出。感谢出版诗集过程中支持帮助过我的每一位朋友。

感恩我至爱亲人的默默支持和帮助！还要感恩曾经

和即将遇到的所有人，一切过往的愉悦和经历，丰润并坚实了我的生命，致敬每一位良师益友、至爱亲朋。祝所有相遇恰逢其时，地久天长。"卅载光阴染指过，未应磨染是初心"，愿我们心怀希望，不负韶光。

马明利
2024年仲秋

2024年11月24日晚，惊闻叶嘉莹先生仙逝，茫然悲痛之诗词界再无元老、舵手……星辰陨落，学界同悲，天地共悼，致敬默哀。先生千古长存，感谢您！一路走好！

七律·悼念叶嘉莹先生

先生迟暮百世芳，华夏丰碑著述彰。
万古苍穹迦陵诵，擎天一柱敬贤良。
命途多舛心如水，英骨诗篇师道长。
曾照彩云明月在，松风盈袖耀八方。

2024年11月24日亥时

今天，送别叶嘉莹先生。先生虽逝，然其精神不朽，风范长存。她留下的精神财富和传承中华诗词的巨大贡献，将永远镌刻在文化历史丰碑上，成为后世敬仰与追慕之源。先生播撒下的诗词种子，终将在岁月中生根发芽，开花结果，赓续千秋万代。

先生一生，如诗卷展开，滂沛对诗词歌赋的挚爱深情，将生命的炽热化作千年文脉的薪火，虽命途多舛，历尽风雨，却始终以诗心为舟，渡己渡人。其学养深厚，博通古今，对诗词之诠释，剖析入微如春风化雨，润泽心田。从"迦陵讲学"的盛况空前到著作等身的斐然成就，先生为传承中华诗词文化殚智竭力。

在岁月的长河中，先生是诗词的守望者。以柔弱之躯，担起文化传承的重任。她将古老的诗词注入现代社会新生与活力，唤醒了无数人心底最温暖的情感共鸣，领悟到诗词意境之美，那一首首被先生阐释的诗词，宛如日月星辰，照亮了人们的心灵世界。叶嘉莹先生千古！愿诗国长空永驻迦陵清音，愿文化星河长明先生薪火。

七律·致敬叶嘉莹先生

嘉莹志洁盛名闻，飞雪连天送芳魂。
弱德品格谆挚美，中华诗教惠仁恩。
诗词泰斗呈风骨，文脉传承叶逐根。
卓见言传身重教，兴发感动敬师尊。

2024 年 11 月 30 日